# Darhan
## L'ESPRIT DE KÖKÖTCHÜ

## Dans la même série

*Darhan, La fée du lac Baïkal*, roman, 2006.

*Darhan, Les chemins de la guerre*, roman, 2006.

*Darhan, La jeune fille sans visage*, roman, 2006.

*Darhan, La malédiction*, roman, 2006.

*Darhan, Les métamorphoses*, roman, 2007.

SYLVAIN HOTTE

# DARHAN
## L'ESPRIT DE KÖKÖTCHÜ

LES INTOUCHABLES

Les Éditions des Intouchables bénéficient du soutien financier de la SODEC et du Programme de crédits d'impôt du gouvernement du Québec.

Nous remercions le Conseil des Arts du Canada de l'aide accordée à notre programme de publication.

Nous reconnaissons l'aide financière du gouvernement du Canada par l'entremise du Programme d'aide au développement de l'industrie de l'édition (PADIÉ) pour nos activités d'édition.

LES ÉDITIONS DES INTOUCHABLES
4701, rue Saint-Denis
Montréal, Québec
H2J 2L5
Téléphone : 514-526-0770
Télécopieur : 514-529-7780
info@lesintouchables.com
www.lesintouchables.com

DISTRIBUTION : PROLOGUE
1650, boulevard Lionel-Bertrand
Boisbriand, Québec
J7H 1N7
Téléphone : 450-434-0306
Télécopieur : 450-434-2627

Impression : Transcontinental
Maquette de la couverture et logo : Benoît Desroches
Infographie : Geneviève Nadeau et Andréa Fortin
Illustration de la couverture : Boris Stoilov

Dépôt légal : 2007
Bibliothèque et Archives nationales du Québec
Bibliothèque nationale du Canada

ISBN : 978-2-89549-284-9

# PROLOGUE

Le roi Shenzong regardait, par une fenêtre de son palais, la ville d'Eriqaya qui s'endormait au fur et à mesure que le jour cédait place à la nuit. Un vent chaud et sec soufflait de l'ouest depuis le désert de Gobi. Au cours de l'après-midi, la ville avait été enveloppée par un épais nuage de poussière de sable. Cela n'avait duré que quelques minutes. En cette douce soirée, il ne restait plus qu'un souffle doux et chaleureux, chargé des odeurs de ce grand désert qui bordait la frontière nord du royaume tangut.

Shenzong semblait fatigué. Il avait les traits tirés et le dos courbé. Depuis trois jours, il n'était pas sorti, frappé par un mal étrange qui lui rappelait une époque de sa vie où il avait souffert de la terrible fièvre jaune.

«Je me fais déjà vieux. Mon corps fatigué fait des caprices», pensa-t-il, enroulé dans un long drap bleu royal qui traînait sur le sol et s'étendait loin derrière lui.

Un serviteur entra précipitamment et se jeta à genoux pour se prosterner devant lui, le front contre le sol, comme le voulait la coutume.

– Le général Asa-Gambu demande à vous voir, ô Votre Majesté.

– Que me veut Asa-Gambu à une heure pareille ? Encore une guerre à venir contre Gengis Khān. Quelle folie !

Le roi alla s'asseoir sur un petit tabouret de bois tout simple qui appartenait à sa famille depuis des générations. De tout temps, ses ancêtres, dans l'administration de la chose publique, avaient tenu à recevoir leurs sujets sur ce petit banc sans prétention. Les coutumes bouddhistes transparaissaient dans la vie quotidienne des Tangut, chez qui les signes d'opulence étaient vus d'un mauvais œil. On les considérait même comme grotesques. La simplicité devenait ainsi un témoignage de sagesse, et encore davantage lorsqu'il s'agissait d'un roi.

Shenzong s'assit, s'appuya sur ses genoux et soupira. Il toussa un long moment, prit un peu d'eau dans un bol de porcelaine sur une table à sa droite, puis posa ses deux mains sur le grand drap bleu qui s'étendait maintenant tout autour du petit tabouret, tel une grande flaque d'eau à ses pieds.

– Fais-le entrer, dit le roi d'une voix grave.

Le serviteur, toujours agenouillé, le front contre le sol, se leva aussi précipitamment qu'il était venu et sortit au pas de course. Quelques instants plus tard, des pas lourds résonnaient sur le parquet de bois.

Asa-Gambu était un général puissant au sein de l'armée des Tangut. Il était reconnu pour ses manières brutales, mais aussi pour sa grande intelligence. Shenzong le craignait et savait très bien qu'il pouvait difficilement s'opposer à lui, car Asa-Gambu contrôlait les différents niveaux de commandement d'une armée qui lui était fidèle.

L'homme entra, revêtu de son armure en cotte de mailles. On aurait dit des écailles sur la peau d'un serpent. On était tellement habitué à le voir dans cette armure qu'on racontait qu'il la portait même pour dormir. À voir l'aisance avec laquelle il se mouvait, on pouvait certainement penser qu'elle faisait partie intégrante de son corps, et que l'homme n'avait été envoyé en ce monde que pour une chose : faire la guerre.

– Bonjour, Shenzong, mon roi, fit Asa-Gambu avec une déférence feinte.

Le général savait faire preuve de diplomatie. Mais il n'avait jamais pu berner ce roi dont il se jouait tant. Les mots qu'il venait de prononcer n'étaient nullement sincères ; ils sentaient le mépris et le cynisme à plein nez. Shenzong aurait voulu grimacer et cracher par terre, mais il n'osait pas le faire, sentant le regard perçant d'Asa-Gambu posé sur lui. Il était le roi et il devait se comporter comme un vulgaire sujet. Il sourit.

– Bonjour, Asa-Gambu, grand général de mes armées. À ce qu'on raconte, mon royaume est infesté d'éclaireurs et d'espions mongols. On dit qu'ils se promènent chez nous, sur nos terres, comme s'ils étaient chez eux, ne prenant même plus la peine de se cacher.

– C'est vrai, dit Asa-Gambu en haussant les épaules. J'en ai même fait exécuter cinq. Ils avaient été capturés dans un village de la plaine du Sichuan par une de nos patrouilles.

– Je me trompe, général, ou une autre guerre se prépare ?

– Je pense que c'est une ruse. Gengis Khān n'osera pas nous attaquer. Il veut seulement nous faire peur pour nous forcer à abdiquer de nouveau.

– S'il voulait nous faire peur, Gengis Khān n'avait qu'à demander notre reddition. Si des éclaireurs sont déjà sur notre territoire, c'est qu'il a l'intention de mettre le royaume à feu et à sang. Ce sera notre sixième guerre contre ce fils de la steppe !

– Il ne pourra rien contre nous, ce barbare !

– Rien contre nous ? s'exclama Shenzong en sortant de ses gonds comme si soudainement sa fièvre avait disparu. Comment peux-tu affirmer une chose pareille, Asa-Gambu ? Il a réduit en miettes l'empire de Mohammed Shah. Il a soumis des villes puissantes telles que Samarkand et Boukhara !

Asa-Gambu fut surpris par l'emportement de Shenzong. Si le roi était affaibli par la maladie, il restait en lui encore un peu de cet homme qui avait, plus de dix ans auparavant, fomenté un coup d'État pour renverser Li An-ch'uan, le roi d'alors. Le général se renfrogna un moment et serra la mâchoire, mais il crut bon de retenir sa colère. Aussi prit-il un ton affable.

– Justement, mon roi, les soldats de Gengis Khān auront parcouru une distance incroyable en peu de temps. Ils seront épuisés. Et nous serons prêts à les recevoir comme jamais. Nous disposons de nouvelles armes pour la guerre. Nous avons de la poudre à canon. Les murailles ont été fortifiées ; Eriqaya pourrait supporter un siège de plusieurs années. Partout dans la campagne, aux abords du fleuve Huang he, des tours balistiques ont été construites. Le Khān aura beau se déplacer à la vitesse de l'éclair avec ses cavaliers, ils se heurteront contre nos défenses telle la mer qui se brise sur les rochers.

Shenzong contempla son ambitieux général d'un air impassible. Ainsi, Asa-Gambu voulait être celui qui triompherait du grand Gengis Khān.

– C'est ce que croyait Mohammed Shah en lui tenant tête, et regarde où il en est. Tous ses fils sont morts, et les dieux seuls savent où il se cache.

– J'ai eu l'occasion de discuter de notre stratégie avec Xianzong…

Shenzong interrogea le général du regard, comme s'il ne comprenait pas les tenants et les aboutissants de cette dernière affirmation. Xianzong, son fils, avait été désigné pour lui succéder à la tête du royaume tangut. Asa-Gambu eut soudain l'air confus, comme s'il réalisait qu'il avait parlé trop vite. Mais Shenzong avait très bien compris que ces deux-là complotaient contre lui.

– Par cinq fois, nous avons affronté Gengis Khān, poursuivit le roi, et le royaume en a grandement souffert. Les Mongols ont toujours refusé de prendre Eriqaya, mais, chaque fois, ils ont laissé notre économie en lambeaux en saccageant tout dans la plaine du Sichuan. Il aurait fallu payer notre tribut à Gengis Khān lorsqu'il nous l'a demandé, avant de partir faire sa guerre contre Mohammed Shah. Nous n'avions aucun intérêt à refuser et nous aurions dû envoyer les cinq mille soldats prévus. Maintenant, tous savent que le Khān veut se venger. Et cette fois-ci, je te le dis, nous paierons le prix pour cet affront.

– Les guerriers tangut ont su résister à quatre guerres contre le Khān! fit Asa-Gambu, qui commençait à perdre patience face à l'attitude déterminée de son roi qu'il percevait comme une atteinte à son autorité de commandant. Pendant cinq cents ans, nos ingénieurs militaires et nos stratèges ont tenu en échec nos puissants voisins des royaumes Jin et Song! Je suis le chef des armées, et Gengis Khān ne pourra rien contre moi!

Shenzong se leva lentement et se mit à tourner en rond, la traîne de sa grande robe bleue glissant derrière lui. Asa-Gambu regardait ce petit roi faible qui, dans un regain d'énergie, osait lui tenir tête. S'il l'avait voulu, il aurait pu s'en approcher et l'étrangler de ses propres mains.

– Eh bien, soit, fit Shenzong, j'abonde dans ton sens! Nous ne connaissons pas les véritables intentions de Gengis Khān, il faudra donc bien se préparer. Alors, continue à organiser nos forces comme toi seul peux le faire, Asa-Gambu.

– Bien, ô mon roi! dit le général, fier d'être parvenu à le convaincre.

– Par contre, il est de mon devoir d'éviter à tout prix un autre saccage. J'enverrai un émissaire à Karakorum avec une offre de reddition et de soumission. Je ne risquerai pas une sixième guerre contre Gengis Khān. Ce serait sonner le glas du peuple tangut.

Asa-Gambu sortit, rouge de colère. Le roi s'était joué de lui. Il s'en alla précipitamment chez le dauphin, Xianzong. Encore une fois; la nuit serait longue pour le terrible général. Shenzong n'avait qu'à bien se tenir. Celui-ci savait très bien qu'il venait de signer son arrêt de mort en tenant tête à Asa-Gambu. Mais il s'était dit que, tant qu'à mourir, il valait mieux le faire en suivant les principes royaux.

# Chapitre 1

## Une nuit d'orage

Une pluie intense tombe sur la steppe grise, presque noire. Le plafond nuageux est si bas qu'on le voit toucher les collines avoisinantes, les faisant complètement disparaître par moments. L'eau ruisselle abondamment et la plaine immense est striée par une centaine de ruisseaux qui déferlent à toute vitesse jusqu'au grand fleuve, tout près.

Une jeune femme apparaît de derrière les nuages. Elle dévale une colline en sautant habilement par-dessus les petits cours d'eau qui croisent sa route. Le cuir usé de ses bottes est imbibé. Le pantalon de soie qu'elle porte est attaché grossièrement à sa taille à l'aide d'un vieux foulard. Il est, lui aussi, complètement trempé. Il est déchiré sur sa jambe gauche, et descend par-dessus la botte, couverte de boue.

La femme s'arrête un moment afin de souffler. Elle scrute l'horizon, les deux mains sur son front pour empêcher la pluie de lui couler dans les yeux. Elle regarde dans toutes les directions. Ses gestes sont nerveux et saccadés. Elle se retourne, comme si elle avait entendu quelque chose. Mais ne résonne à son oreille que le clapotis incessant de l'eau. Elle regarde à ses pieds un petit ruisseau qui commence à se former à cause du déluge. Elle met ses mains en porte-voix et crie :

– Yol ! Yol ! C'est moi, mon bébé ! C'est ta maman !

Mais la voix de la jeune mère, aussi forte soit-elle, portée par l'angoisse et la peur, est couverte par le son impitoyable de la pluie qui martèle le sol. Elle respire à fond en essayant de calmer son cœur qui bat à toute vitesse dans sa poitrine. Puis, courageusement, elle se remet à courir vers une autre colline, laquelle la mène de nouveau dans un nuage sombre.

L'escalade pénible lui a coupé la respiration. L'air est si humide qu'il lui paraît trop lourd, presque irrespirable. Elle essuie l'eau qui lui inonde les yeux et repousse les cheveux trempés qui lui collent au visage. Un son arrête son geste. Elle demeure immobile, n'y voyant pas à un mètre devant elle dans le nuage.

– Maman ! entend-elle distinctement dans la pluie. Maman !

– Yol ! répond-elle. Yol !

Elle dévale la colline au pas de course, affolée. Dans le brouillard qui s'effiloche, elle voit une immense yourte, d'un blanc immaculé, qui trône au centre d'une petite vallée. Au fur et à mesure qu'elle s'avance, la pluie cesse, puis les nuages disparaissent pour faire place à un soleil magnifique. Elle s'arrête un moment pour reprendre son souffle et contempler cet étrange paysage.

Derrière elle, elle peut voir le nuage gris, au sommet de la colline. Devant, il y a cette yourte blanche, surmontée de grands fanions violets. Le soleil brille. Une brise très chaude agite l'herbe dorée, et partout de jolis papillons colorés virevoltent dans tous les sens.

Yoni s'avance, d'un pas lent et prudent. Elle prononce à deux reprises le nom de sa fille, mais n'obtient pour toute réponse qu'un silence inquiétant. Tout près de la yourte, elle remarque que les grands fanions violets sont ornés de moutons brodés avec du fil d'or.

La jeune femme pousse le rideau de roseau tressé, puis entre dans la tente.

Ses yeux habitués à la lumière éclatante du soleil mettent un certain temps à s'habituer à dans l'obscurité qui règne à l'intérieur de la yourte. Peu à peu, elle arrive à distinguer deux grandes torches montées sur des trépieds. Entre celles-ci, un homme portant une couronne est assis sur un trône en or. La jeune femme constate, à son grand étonnement, que cet extravagant n'est nul autre que son frère Ürgo. Il l'accueille avec un grand rire.

– Ha! ha! ha! Bienvenue chez moi, petite sœur. Comment trouves-tu mon nouveau domaine? Il faut avouer qu'il y fait pas mal plus beau que chez toi. Comment c'est, dans les nuages? Plutôt humide, on dirait. Eh bien, comme tu es à même de le constater, j'ai fait fortune avec mes moutons et avec les biens de tes amis tangut! Ha! ha! ha! Je suis l'homme le plus riche de la steppe. Plus personne ne peut me tenir tête. Près de cinquante hommes de main travaillent pour moi, et ce sont des soldats redoutables. Mais qui donc osera s'opposer à Ürgo?!

– Où est ma fille? balbutie Yoni, au bord des larmes.

– Ta fille?! fait l'insolent en croisant les jambes, confortablement assis sur son trône doré. Mais je ne sais pas. Je n'en ai aucune idée. Pourquoi est-ce que je le saurais? Tu l'as donc perdue. Dis donc, ma sœur, tu n'as pas de chance avec tes gamins. Darhan, Mia et maintenant… euh… comment elle s'appelle, l'autre, déjà?

– Yol…

– C'est ça, la petite Yol. Je t'avais dit de rester avec moi. Je t'avais dit de te soumettre à mon autorité. C'était la seule chance de survie pour toi et ta famille. Mais non, il faut toujours que tu n'en fasses qu'à ta tête. Regarde ce qui t'arrive. Si ce n'est pas malheureux de perdre ses enfants ainsi. Mais regarde-toi! Tu viens te traîner devant moi comme une mendiante. Ce que je peux avoir honte!

Yoni éclate en sanglots et tombe à genoux. Ürgo décroise les jambes et avance son gros derrière sur le bord du trône en tendant vers elle une main couverte de bijoux.

– Voyons, petite sœur, ne pleure pas comme ça. Tu m'as fait beaucoup de peine, et de mal aussi; mais sache que je t'aime encore. Viens baiser ma main et je t'aiderai à retrouver tes enfants.

Yoni se traîne à quatre pattes en direction de son frère, dont elle saisit la main. Elle approche ses lèvres en tremblant. Ürgo contemple d'un air satisfait les larmes de la jeune femme qui tombent sur ses bagues serties de pierres précieuses.

– C'est ça, ma sœur. Baise-moi la main. Demande pardon à ton frère.

Yoni, le regard noir, ouvre grand la bouche et, avec une rage incommensurable, mord à belles dents l'index du misérable qui hurle de douleur.

– Arrrgh! mon doigt!

***

Yoni ouvrit subitement les yeux. Un puissant coup de tonnerre venait de résonner dans la nuit noire. En voyant les éclats lumineux de quelques éclairs lointains qui se reflétaient sur les barreaux de métal, elle reconnut la cage qui la retenait prisonnière depuis plusieurs jours. Elle se leva pour aller retrouver sa petite Yol qui dormait tout près. Elle la prit délicatement dans ses bras. La petite fille ouvrit un œil et murmura le nom de sa mère avant de se rendormir. La femme la berça en la serrant contre son cœur.

L'humidité qui régnait dans la cage était très inconfortable. Yoni, pleine d'attention, enveloppa Yol dans une vieille couverture de laine que leur avait laissée le keshig Khunje. Un goût salé envahit sa bouche. Elle cracha du sang sur le sol. Dans son sommeil agité, elle s'était mordu la lèvre inférieure.

– Ah! mon frère, murmura Yoni, ton esprit mauvais peut venir me tourmenter dans mes rêves, mais tu ne m'auras pas! Tu ne perds rien pour attendre. Si j'arrive un jour à sortir d'ici, je te retrouverai.

Un éclair déchira le ciel de haut en bas, suivi quelques instants plus tard d'un long coup de tonnerre. Une pluie lourde se mit à tomber, ce qui donna des frissons à Yoni. Elle se revoyait en train de courir désespérément dans le brouillard de la steppe, cherchant sa fille qu'elle serrait maintenant dans ses bras.

Un mouvement au fond de la cage attira son attention. Un homme était assis et la regardait en silence. C'était le capitaine Souggïs. Il se leva et vint s'asseoir près d'elle. Le son de la pluie qui redoublait d'ardeur devenait assourdissant.

– Vous avez fait un cauchemar, dit-il.

– Et vous ne dormez toujours pas, à ce que je vois, répondit la jeune femme.

Le capitaine eut un sourire désolé. Il semblait vieilli. Les traits de son visage, les cernes sous ses yeux témoignaient d'une grande fatigue.

– Non, je ne dors pas. Je n'y arrive plus.

– Il faut pourtant vous reposer.

– Je sais. Mais il m'est impossible de fermer l'œil.

– Ils vont nous tuer, vous croyez? Ils ont emmené presque tous les marchands tangut hier matin. On ne les a pas vus depuis.

– Nous tuer?... fit Souggïs, songeur, comme si son esprit était ailleurs. Peut-être... je ne sais pas. Je ne crois pas, par contre, qu'ils vont toucher à la petite. Elle sera vendue comme esclave.

Yoni soupira. Elle acquiesça de la tête, comme si elle répondait à un questionnement intérieur. Elle chuchota dans l'oreille de sa fille qui dormait toujours:

– Il semble que ce soit notre destinée d'être des esclaves dans ce monde ingrat. Mais tant que tu resteras en vie, moi, ici ou dans l'au-delà, je serai heureuse.

Le capitaine Souggïs, alors étendu sur le sol, les jambes croisées, regardait, entre les barreaux de la cage, le bâtiment en ruine qui se trouvait au fond de la grande cour. Il avait été ravagé par un incendie. On reconnaissait encore, dans la cendre et la suie, la forme d'élégantes poutres de style chinois.

– Vous n'avez cessé de regarder ce bâtiment incendié depuis que nous sommes ici, lui fit remarquer Yoni.

– Mon ancien maître y vivait. C'est ici que j'ai été entraîné à l'art du combat par le grand Luong Shar.

– Il a fait un excellent travail. Vous êtes un grand guerrier, Souggïs.

– Merci, dit le capitaine du bout des lèvres.

– Il est mort?

– Oui, l'an passé…

Il allait ajouter quelque chose, mais se ravisa. Le poids qu'il avait sur la conscience était trop lourd. Il ne pouvait avouer à Yoni qu'il avait trahi son vieux maître. Il se laissa glisser sur le dos, ferma les yeux et posa ses deux mains sur son ventre.

\*\*\*

Un vent soudain s'était levé. Portée par de puissantes bourrasques, la pluie qui tombait de plus belle fouettait la toile de feutre d'une yourte. La lumière timide et vacillante d'une petite lampe à huile en éclairait l'intérieur. D'un seul coup d'œil, on pouvait apercevoir un mobilier cossu provenant d'Asie et du Moyen-Orient. Des commodes et des tables finement sculptées dans du bois de rose, d'ébène ou de padouk. Par terre, un tapis persan et des coussins de soie fine aux motifs brodés de fil d'or. À un bureau en marqueterie ornée de céramiques turquoise, que les populations de l'Indus aimaient tant, était assis un homme vêtu d'une tunique bleue aux manches très amples roulées sur ses bras.

Ögödei travaillait aux plans de son palais. La construction de la structure étant pratiquement terminée, il réglait les derniers détails de la décoration : fresques monumentales aux plafonds, planchers de bois exotiques et de céramiques roses. Le futur empereur voulait que quiconque passant par Karakorum sache reconnaître dans ce palais toute la gloire du fabuleux Empire mongol. Il était en train de faire une liste des choses qu'il fallait encore se procurer. Évidemment, il n'était pas satisfait. Les réseaux de distribution étaient toujours trop modestes pour lui.

– Plus à l'ouest ! Plus à l'ouest, mon père, ne cessait de répéter Ögödei. Le califat de Bagdad et les royaumes européens sont remplis de richesses, mais non, Gengis Khān veut aller régler ses comptes avec les Chinois ! Il faut faire la paix avec les Tangut et les Jin, car le commerce, chez eux, est florissant. Eh ! misère de misère, vivement que je prenne les rênes de cet empire et que j'y mette un peu de rigueur et de sens pratique ! Nos armées sont déjà sur la route de l'ouest. Pourquoi revenir en arrière ? Je ne comprends pas.

– Djebe et Subotaï ont été envoyés plus à l'ouest, fit dans la pénombre une voix qu'il connaissait bien.

Un coup de vent agita la flamme de la lampe. Ögödei leva les yeux pour voir devant lui un homme emmitouflé dans une peau d'animal. Un grand foulard lui couvrait le crâne et une partie du visage. On ne voyait que ses yeux noirs.

– Subotaï et Djebe sont partis avec quarante mille hommes. Ils vont s'enrichir et devenir dangereux pour l'Empire. C'est le khān qui aurait dû marcher sur ces terres. Maintenant, mon frère, pourquoi te caches-tu dans l'ombre comme un assassin? Approche-toi et retire ce foulard que je voie ton visage.

L'homme s'avança et baissa un peu son foulard, dévoilant ainsi son nez et sa lèvre supérieure. On voyait son teint très pâle et ses cheveux noirs. Ögödei, étonné, se leva subitement en voyant le visage de son interlocuteur.

– Mais qui es-tu? s'exclama-t-il en constatant que l'homme devant lui n'était pas son frère Dötchi.

– Je me nomme Kian'jan, je suis le serviteur de votre frère.

– Mais quel est ce maléfice? demanda Ögödei en s'approchant de l'homme qui lui faisait face.

Le prince avait toujours détesté les sorti-lèges, et encore plus être trompé.

– Comment ose-t-il m'envoyer un serviteur? marmonna-t-il encore.

Kian'jan baissa les yeux sans répondre. Ögödei tourna plusieurs fois autour du jeune homme pour l'observer sous tous ses angles : stature frêle, teint maladif. Comment son frère avait-il pu choisir un tel homme de confiance ?

— Tu es tout à fait à l'image de Dötchi, déclara-t-il finalement. Il n'aurait pu trouver un meilleur homme pour le représenter... Tu n'es pas Mongol ?

— Non, mon seigneur.

— Tu es ?...

— ... Tangut.

— C'est bien ce que je pensais. Mon frère sait s'entourer pour l'occasion.

Ögödei retourna à sa table de travail. Là, il prit un pinceau à poils de lièvre et commença à écrire sur un parchemin. Le deuxième fils de Gengis Khān excellait dans l'art de la guerre. C'était un fin diplomate. Cependant, il n'avait jamais été très porté sur les arts et les lettres. Son écriture était laborieuse. Il lui fallut un très long moment pour écrire son message. Pendant tout ce temps, l'ancien compagnon de Darhan ne bougea pas. Il regardait devant lui, perdu dans ses pensées, ne laissant transparaître aucune émotion.

— Tiens, fit Ögödei en lui tendant le parchemin qu'il avait roulé, tu remettras ça à mon frère. Je pense que vous servirez mieux mes intérêts sur le chemin qui mène à Eriqaya que si vous poursuivez Mohammed Shah en direction de la mer Caspienne. Surtout que tu es Tangut…

Kian'jan acquiesça.

– Et ne tardez pas à quitter la ville. Gengis Kāhn sera ici d'un jour à l'autre. S'il trouve Dötchi à Karakorum, il fera une colère terrible.

À peine Ögödei avait-il détourné le regard qu'il s'aperçut que le messager de son frère avait disparu. Il se leva, stupéfait, puis se laissa retomber sur sa chaise. Il se servit un verre de vin, le vida d'un seul trait en regardant, par la porte de la yourte, la pluie qui tombait. Un éclair illumina la scène.

– Quels sont ces esprits sombres avec lesquels tu t'acoquines, mon frère? Vivement que tu quittes cette ville et que tu partes pour le front! Il faut te garder éloigné de cette cour.

\*\*\*

Le grondement du tonnerre se fit entendre dans les montagnes. Un cavalier apparut, dévalant une pente à toute vitesse. Son cheval, haletant, l'écume à la bouche, semblait prendre un immense plaisir à cette chevauchée endiablée. Il galopait à travers les rochers, sautant parfois comme une chèvre de montagne. L'animal rejoignit un grand plateau d'herbe verte, sembla perdre l'équilibre un instant, mais reprit aussitôt pied pour repartir au galop, sous les encouragements de son cavalier.

Couvert de poussière de la tête aux pieds, le jeune homme qui chevauchait ainsi paraissait grisé par le galop. Une main sur les rênes, l'autre sur sa hanche, il s'efforçait de conserver son équilibre tout en poussant son cheval au maximum. Ils filaient tous deux vers une grande falaise qui s'étendait sur plusieurs centaines de mètres.

Darhan fit arrêter Gekko à quelques mètres du ravin. Le cheval stoppa net. Le jeune guerrier dut s'aggriper à son encolure pour éviter d'être projeté dans les airs. Il retomba sur sa selle et contempla la vue magnifique de la grande plaine de Karakorum avec, au loin, un ciel couvert de nuages orageux. Il descendit de cheval.

– Mon ami, fit-il en tapotant le flanc de l'animal, j'ai l'impression que ça faisait une éternité que je n'avais pas cavalé ainsi. Quelle folie ! L'eau donne une impression de sécurité infinie, mais il n'y a qu'à l'air libre qu'on se sent véritablement en vie.

Darhan s'assit au bord du ravin qui descendait sur près de trente mètres en ramenant une jambe sous lui et en laissant pendre l'autre dans le vide. Il regarda avec un plaisir évident une série d'éclairs qui déchirèrent le ciel. Il arracha un brin d'herbe et le mâchouilla en appréciant le majestueux spectacle.

Depuis son retour parmi les vivants, il sentait en lui une vigueur incroyable. Cette profonde morosité qui l'avait habité depuis le début de ses aventures, de même que le grand mal qui l'avait envahi quand Tarèk s'était emparé de son âme, tout semblait l'avoir quitté, comme lorsqu'on s'éveille d'un long cauchemar et que les souvenirs s'effacent lentement au fur et à mesure que l'on reprend ses esprits. Le contact de l'air sur sa peau, la lumière dans ses yeux, les sons dans ses oreilles, tout avait maintenant une limpidité exceptionnelle qu'il n'avait jamais connue.

Son seul souci était Zara qui, depuis quelques jours, ne se sentait pas très bien. Souffrant de nausée, elle avait préféré se reposer. Darhan avait alors décidé d'aller faire un peu de repérage avec Gekko. Peut-être même de chasser un lièvre ou un oiseau.

Après avoir laissé Mia, Hisham et Subaï chez les hommes-cerfs, Darhan avait chevauché pendant deux jours dans les Montagnes noires. Depuis les rives du lac Baïkal, les cinq compagnons avaient cheminé jusqu'à la montagne d'Obakou. À cet endroit, ils avaient retrouvé Braem et quelques-uns des siens qui avaient survécu au carnage de Günshar le maléfique. Assurant qu'elle avait une dette envers Braem, Mia avait voulu demeurer là pour l'aider. Subaï avait insisté pour rester avec elle, et Hisham en avait fait autant. Darhan et Zara avaient pris la décision de poursuivre leur route.

Le berger des steppes se leva. Il sautilla un moment sur l'herbe pour que le sang recommence à circuler convenablement dans sa jambe droite. Il grimpa ensuite sur Gekko. Il voulait rentrer avant la nuit pour être auprès de Zara qui l'attendait à quelques kilomètres de là, dans la montagne. La veille, ils avaient monté leur tente près d'un cours d'eau, dans une petite clairière ensoleillée. Darhan craignait l'orage qui approchait et qui rendrait la nuit pénible s'il venait à frapper. En cette saison automnale, les pluies étaient abondantes et les cours d'eau avaient tendance à sortir de leur lit. La tente se trouvait certes dans un endroit bucolique, propre à nourrir l'inspiration d'un jeune garçon et d'une jeune fille, mais si une forte pluie leur tombait dessus, ils risquaient d'être emportés par le courant.

Darhan allait lancer son cheval au galop lorsqu'un point dans le ciel attira son attention. Sur un fond de nuages bleus et gris foncé, un grand oiseau venait vers lui en battant lentement des ailes. Darhan regarda, curieux et intrigué, la bête qui s'approchait ainsi. Un tas de souvenirs prirent forme dans son esprit ; des souvenirs de ce temps où il gardait les moutons sur la steppe. Il baissa les yeux et eut un sourire mauvais.

– Te voilà donc, dit-il, les dents serrées. Mia avait raison.

Porté par le vent, le grand aigle se dirigeait, vers le jeune guerrier mongol. Darhan ne le quittait pas des yeux. Le gracieux volatile, d'un mouvement soudain, rabattit ses ailes vers l'arrière, puis plongea à la vitesse de l'éclair. D'un geste prompt, le garçon évita ses serres de justesse, mais Gekko se cabra. Darhan fit une chute et Gekko détala aussi vite qu'il le pouvait.

– Hi ! hi ! hi ! fit une petite voix nasillarde. Sale petit berger qui ne sait même pas monter à cheval. Hou ! hou ! hou !

– Djin-ko ! s'écria Darhan en se relevant péniblement. Satanée peste, je te croyais mort ! Tu veux la bagarre ? Tu l'auras ! Approche encore si tu l'oses !

Il retrouva son cheval, l'enfourcha d'un bond, puis le lança au galop en direction de l'aigle qui exécutait un long demi-tour dans le ciel. Après s'être élevé de quelques dizaines de mètres, porté par les courants ascendants d'air chaud, l'oiseau replia de nouveau ses ailes et plongea de plus belle.

Darhan, qui chevauchait comme un fou, anticipa l'impact. Il lâcha les rênes de son cheval et tendit les bras devant lui. Le choc fut brutal. Les puissantes griffes de l'aigle s'enfoncèrent dans ses poignets.

Mais la douleur n'était plus rien pour celui qui avait voyagé avec les esprits. Il savait la maîtriser, comme on domine une mauvaise pensée. Il referma ses deux mains sur les pattes de l'oiseau et sentit Gekko qui lui glissait entre les jambes pendant qu'il s'élevait dans les airs. Il se réjouit surtout d'entendre Djin-ko crier:

– Mais qu'est-ce que tu fais? Tu es fou! Nous allons nous écraser!

Ils atterrirent violemment dans un épais nuage de poussière et de plumes. L'aigle hurla de douleur et relâcha Darhan qui sentit les serres sortir de sa chair. Mais le garçon tenait fermement l'oiseau, lequel battait puissamment des ailes. Il le tenait comme on tient un cerf-volant, tournant sur lui-même et s'amusant à le voir se débattre. Puis, il relâcha le grand aigle et le regarda s'envoler péniblement. Sur le sol, à quelques mètres seulement, Djin-ko était assis, les jambes croisées. Darhan sentait le sang chaud qui coulait sur ses poignets et ses mains, mais, toujours, la douleur était absente.

– Espèce de sale paysan mongol! fulmina Djin-ko en agitant les bras. Race de fous!

Darhan ne quittait pas du regard le petit génie des steppes. Ayant perdu son grand chapeau, celui-ci n'avait plus rien pour cacher son crâne dégarni. Il caressa sa barbe, l'air de réfléchir, puis haussa les épaules en souriant.

– Hé, hé!... Salut, Darhan! Comment ça va, mon ami?

Le jeune guerrier ne répondit pas, se contentant d'avancer d'un pas lent et ferme.

– Hé! ho! reste où tu es! N'approche pas. Tu ne peux pas me toucher. C'est très mauvais, ça!

Voyant qu'il ne semblait nullement décidé à s'arrêter, Djin-ko se leva et voulut s'enfuir à toutes jambes; mais le jeune guerrier, plus rapide, plongea tête première et le saisit par un pied. Le génie des steppes commença à se débattre furieusement, se tordant dans tous les sens comme un animal sauvage. Darhan tint bon.

– Arrrgh! hurla Djin-ko, furieux. Paysan, lâche-moi!

– Je te tiens, petit démon, et je ne te laisserai pas partir tant que tu n'auras pas répondu à toutes mes questions.

– Tu ne peux pas me donner d'ordre, dit le génie qui se calma soudainement. Tu ne peux pas faire ça.

– Et pourtant, je te tiens.

– C'est vrai. Tu m'as attrapé et tu peux être très fier de toi. Aucun mortel ne peut faire une chose pareille. Est-ce que tu te rends compte de ce que ça signifie pour toi ? J'en doute.

– Qu'est-ce que ça veut dire ? demanda Darhan avec étonnement.

Il avait relâché sa pression sur le pied de Djin-ko. Celui-ci en profita pour faire un mouvement brusque qui lui permit de s'échapper. Il s'éloigna rapidement. Sa démarche surnaturelle lui permettait de faire de grandes enjambées.

– Flûte !, grogna Darhan, toujours allongé. Il m'a eu. Tant pis !

Il se retourna sur le dos et regarda dans le ciel les nuages qui se déplaçaient à une vitesse folle. Le grondement du tonnerre et le vent frais ne laissaient plus aucun doute : le mauvais temps allait frapper les montagnes. Darhan ne devait pas tarder à retourner auprès de Zara.

Le visage de Djin-ko apparut au-dessus du sien. Le jeune guerrier ne bougea pas. Le génie des steppes, celui que Tarèk avait appelé « l'esprit du vent », sourit en montrant de grandes dents blanches, puis haussa les épaules.

– Qu'est-ce que tu crois, paysan mortel? Qu'on peut retenir les esprits comme ça?

– Je t'ai quand même attrapé, fit Darhan qui prit un brin d'herbe, le porta à sa bouche et se mit debout.

– C'est vrai! Ça t'étonne?

– Plus grand-chose ne m'étonne, je dois dire.

– C'est que tu n'es plus tout à fait humain.

Darhan n'avait jamais autant goûté la vie que depuis ce jour où il s'était réveillé sur la plage, blotti contre le corps de Zara. Jamais il ne s'était senti aussi vivant. Maintenant, debout devant Djin-ko, il regardait le ciel de plus en plus sombre. Au loin, l'orage se faisait encore plus menaçant. Des petites gouttes très froides commençaient à tomber.

– Ton passage parmi les esprits du lac Baïkal a laissé des traces chez le jeune homme que tu es. Bientôt, tu seras prêt…

– Prêt? Mais qu'est-ce que ça veut dire?! Prêt à quoi?

– Prêt à affronter ce pour quoi tu as parcouru tout ce chemin. Tu t'es laissé séduire par le monde des esprits; ils t'y ont invité, ils ont fait de toi l'un des leurs, mais tu es revenu. Et aujourd'hui tu es devenu ce que les esprits des steppes avaient prévu.

– Tu le savais donc, tout ce temps?

– Oui et non. Je sais tout et rien à la fois. Je sais ce qui est, mais j'ignore tout de ce qui sera. L'avenir ne tient qu'au hasard. Si tu étais resté parmi les esprits du grand lac, j'aurais échoué. Heureusement, il y avait ta sœur. Aussi, j'ai failli tout perdre le jour où Tarèk s'est emparé de moi. Ce chaman était plus puissant que je ne le croyais. Mais Zohar s'est sacrifié. Sans le magicien perse, l'esprit de Kökötchü régnerait sur le plus grand empire de tous les temps.

– Mais l'esprit du mal est mort. Il a été entraîné dans les abysses du lac Baïkal. Je l'ai vu. La jeune fille sans visage a été ramenée à sa mère.

– Non, fit Djin-ko. L'esprit de Kökötchü est toujours vivant. Il s'est transformé et s'apprête à poursuivre la grande malédiction. Son dessein funeste n'est plus de contrôler le monde et le khān. Dorénavant, il s'est fixé un nouvel objectif. Il veut mettre fin à la vie de l'empereur.

– Il veut tuer Gengis Khān!

Sur le plateau montagneux, l'herbe ondoyait. Au loin, les branches des arbres s'agitaient au rythme des rafales. Quelques salves de pluie vinrent frapper le jeune guerrier et le petit génie des steppes.

– Kökötchü s'est trouvé un nouvel hôte, déclara Djin-ko en élevant la voix pour que son interlocuteur puisse l'entendre dans le vent qui soufflait de plus en plus fort. Le fils du khān n'a pas l'intelligence de Tarèk, mais il coule en lui un sang royal qui, nourri par la malédiction de son maître, en fait un terrible adversaire. De plus, il a été investi de l'esprit de Günshar. Si sa magie n'est pas aussi puissante que celle du chaman, il possède néanmoins une combinaison de sorcellerie et d'adresse au combat qui en fait un être redoutable. Poussé par cette hargne qui l'accompagne depuis toujours, il peut devenir, en très peu de temps, encore plus dangereux que ne l'était Tarèk.

Darhan recula lentement de quelques pas, comme si les mots que prononçait Djin-ko exerçaient une pression sur sa poitrine. Le génie des steppes poursuivit ainsi :

– Toi, Darhan, fils de Sargö, tu as été choisi par les esprits des steppes pour préserver le grand projet de Gengis Khān. Si le khān venait à mourir, c'est toute l'âme de notre peuple qui s'éparpillerait comme sable au vent. C'est l'esprit de tes ancêtres qu'il faut préserver : leur gloire et notre éternité. C'est ton destin et il est inscrit dans les étoiles depuis ce jour où tu es né.

Le jeune guerrier leva la tête vers les nuages noirs qui s'amoncelaient au-dessus de lui. À ses pieds s'étendait la vaste steppe. Il n'était qu'à quelques pas du ravin. Le vide l'appelait. Le vent violent qui agitait ses cheveux dans tous les sens lui semblait une musique envoûtante. Il sentit de grands frissons parcourir son échine. Il ne savait plus si c'était l'air glacé de l'automne qui lui faisait cet effet, ou le destin immense auquel le destinait Djin-ko. Au-dessus de sa tête, à quelques mètres à peine, passa le grand aigle. Le petit génie était bien en selle. Darhan regarda la monture ailée faire une ascension vertigineuse dans le ciel et disparaître dans les nuages. Une puissante bourrasque accompagnée d'une pluie froide lui fit retrouver ses esprits. Il pleuvait maintenant à verse sur la montagne. Le tonnerre grondait et des éclairs illuminaient le paysage sombre.

« Zara, se dit le garçon. Il faut absolument que j'aille la retrouver. Si la rivière venait à sortir de son lit… »

Il ne poursuivit pas sa réflexion, préférant écarter de lui cette sombre pensée. Il sauta sur Gekko, lequel partit au galop dans l'obscurité qui avait envahi la montagne noyée sous une pluie diluvienne.

# CHAPITRE 2

## L'esprit de l'eau et des rivières

La pluie tombait abondamment sur les Montagnes noires. Des éclairs extraordinaires déchiraient le ciel et un vent très froid soufflait par rafales. La nuit était tombée depuis un bon moment. Debout sur un petit cap, à l'abri sous un surplomb rocheux, Subaï, le petit voleur de Karakorum, était songeur. La pluie lui fouettait le visage, et chaque fois que la foudre illuminait le ciel, il comptait pour voir combien de temps le bruit du tonnerre mettrait à se faire entendre.

– Cinq, fit-il en entendant un puissant vacarme résonner dans les montagnes.

– Cinq quoi? demanda une grosse voix derrière lui.

Subaï se retourna et vit Hisham qui sortait de la grande caverne au sommet de la montagne d'Obakou. Le gros Perse avait mangé de la viande en compagnie du nouveau chef des hommes-cerfs, Braem, et avait les lèvres encore graisseuses. Aussi se lava-t-il la figure avec de l'eau de pluie.

– J'ai compté jusqu'à cinq entre l'éclair et le son du tonnerre, répondit Subaï.

– Ça veut dire quoi, ça ?

– Je ne sais pas. Plus le laps de temps est court, plus le coup de tonnerre est puissant.

– Eh ben… quelle bonne nouvelle ! Encore un important calcul de l'ingénieux Subaï !

Le jeune garçon ignora le commentaire du Perse. Il scrutait attentivement l'horizon noir, attendant le prochain éclair. Ses jambes le faisaient souffrir depuis l'effondrement des mines de fer du lac Baïkal. La paralysie dont il avait été victime sur la grande plage où il avait retrouvé Darhan avait laissé des séquelles importantes. Chaque fois qu'il pleuvait ou que le temps était humide, ses membres inférieurs se mettaient à trembler comme s'ils devaient rester marqués à jamais par ce terrible événement. Pour éviter cet inconfort, Subaï prenait constamment appui sur une jambe puis sur l'autre. Mais très vite, à cause de la douleur qui persistait, il fut obligé de s'adosser à la paroi.

– Allons, dit Hisham en s'approchant de son ami, sa barbe dégoulinant d'eau de pluie, ce sont des blagues, il ne faut pas t'en faire. Tu sais très bien que je ne t'en veux pas. Nous avons retrouvé nos copains. Tout est bien qui finit bien… Je… je pense que nous sommes chanceux de…

La voix de Hisham était devenue très faible. Il n'arriva pas à finir sa phrase. Le tonnerre gronda de nouveau. Le Perse marmonna un moment, puis il se tut tout à fait. L'idée que son meilleur ami, Kian'jan, avait pu causer un tort irréparable en jetant la robe maléfique à la figure de Zara lui était insupportable. Comment une chose pareille avait-elle pu se produire? Cette pensée l'obsédait jour et nuit. Et même s'il partageait l'affliction de tous, il demeurait persuadé que Kian'jan avait agi sous la contrainte. La dernière conversation qu'il avait eue avec Darhan, deux jours plus tôt, l'en avait convaincu.

– Nous avons vu trop de mal s'incarner devant nos yeux pour ne pas savoir que Kian'jan est sous l'emprise d'un maléfice, lui avait-il dit.

– Je le pense aussi, commandant. Je suis sûr que c'est ce chaman, Tarèk, qui est derrière tout ça.

– Il y a un mauvais esprit qui nous harcèle, c'est certain. Kian'jan est notre ami à tous et nous allons le retrouver, je t'en donne ma parole.

Malgré les bons mots de Darhan et cette promesse de retrouver son vieil ami, Hisham demeurait morose. Il aimait se changer les idées en taquinant Subaï. Mais il sentait bien que son copain n'avait pas le cœur à plaisanter.

– Je suis désolé, j'ai dit.

– Je sais, Hisham. C'est bon, répondit Subaï.

– Comment, «c'est bon»? Ça veut dire quoi, «c'est bon»?

– Ça veut dire que ça va. Je ne t'en veux pas. Je te pardonne.

– Et qu'est-ce que ça veut dire, «je te pardonne»? fit le Perse en haussant le ton. Tu n'as pas à me pardonner! Ce sont des blagues! Tu sais ce que c'est qu'une blague?

– Ça va, j'ai compris!

Hisham soupira en regardant les éclairs qui illuminaient le sommet des montagnes et les sombres nuages qui défilaient à toute vitesse. Il ne pleuvait plus. L'orage s'éloignait, et seul le vent frais continuait à souffler.

– Tu as parlé à Mia?

– Non, pourquoi?

– Tu étais impatient de lui parler depuis le début de nos aventures. Et maintenant qu'elle est là, tout près, tu ne lui dis pas un mot.

– Et alors, qu'est-ce que ça peut faire?

– Rien. Je dis ça comme ça.

– Alors, ne dis rien!

Cela faisait deux jours qu'ils aidaient les hommes-cerfs à reconstruire leur village dans la montagne, et Subaï suivait toujours Mia comme un petit chien, s'assurant qu'elle ne manquait de rien et acquiesçant à chacune de ses requêtes. Jamais il ne prononçait un mot, se contentant de hocher la tête pour dire oui ou non, puis de s'exécuter avec un empressement qui frisait le zèle. À deux reprises seulement, il avait essayé de lui parler, mais rien n'était sorti de sa bouche, comme si un nœud au fond de sa gorge l'empêchait de parler.

– Si tu veux, poursuivit Hisham, je peux aller lui parler à ta place. Je ne suis pas timide. J'irais lui dire: «Bonjour, mademoiselle Mia. Mon copain, Subaï, est amoureux de toi et il aimerait…»

Subaï donna un violent coup de pied au gros Perse. Celui-ci ne broncha pas. Ce fut le garçon qui grimaça de douleur.

– Fais attention, dit Hisham avec un grand sourire, tu vas te casser le pied. Ha! ha! ha!

– Gros Hisham imbécile! grogna Subaï. Si tu lui dis un seul mot de tout ça, je vais te trancher la gorge dans ton sommeil. On verra qui est le plus malin!

– Ho! ho! on veut m'assassiner bêtement et lâchement. Voilà où ça mène, ces sentiments amoureux. Bravo! Je suis vraiment fier de pouvoir t'appeler mon ami!

— Tu ne connais rien à l'art de la séduction. Nous avons besoin de temps pour faire connaissance, voilà tout. Je respecte sa vie privée.

— Bien sûr. Je comprends.

— Je dois avant toute chose m'assurer que tout est bien, et à sa convenance.

— C'est évident.

— Lorsqu'elle verra que je suis un garçon responsable et digne de considération, je pourrai lui faire des avances d'une manière plus évidente.

— C'est sûr.

— Ce que tu ne sembles pas comprendre, monsieur Hisham, c'est que tout est calculé. J'ai un plan précis. Je suis un animal qui guette sa proie dans la nuit. Au moment opportun, je surgis et je saisis. Tu comprends? Lorsque j'agirai ouvertement, elle sera tellement obnubilée par moi qu'elle ne pourra faire autrement que d'acquiescer à ma demande et de devenir ma femme. Est-ce que tu comprends?

— Oui, dit Hisham.

Jusque-là, le Perse était demeuré stoïque. Mais cette fois-ci, c'en était trop; il s'esclaffa. Et c'est secoué d'un rire tonitruant qu'il se roula par terre, plié en deux.

– Ha ! ha ! ha !!! hurla Hisham en se tenant le ventre. Avec les calculs de l'ingénieur Subaï, c'est mal barré, ton truc !

– Gros éléphant ignare et stupide ! cria le garçon en se ruant sur lui et en le frappant à grands coups de poing. Tu ne connais rien et tu ne sais rien !

Malgré toute l'énergie qu'il y mettait, Subaï n'arrivait pas à ébranler le moindrement cette montagne de muscles qu'était Hisham le Perse.

– Prends ça, gros tas ! Et ça ! Et encore ça !

Les petits poings de Subaï s'enfonçaient dans la grosse barbe de son ami. Hisham riait de plus belle.

– Hou ! hou ! assez ! ça chatouille !

– Hum ! fit une voix féminine.

Les deux copains se figèrent immédiatement. Derrière eux, Mia secouait la tête de gauche à droite en signe de désapprobation. Subaï se leva aussitôt. Il replaça ses cheveux, puis arrangea ses vêtements. Il se tenait très droit, les deux bras le long du corps, la tête légèrement avancée sur son cou qui s'étirait d'une manière très peu naturelle. Il parla ainsi :

– Ar foune lienne ?

– Hein ? demanda Mia. Qu'est-ce que tu dis ? Je ne comprends jamais rien quand tu parles.

Subaï ouvrit de nouveau la bouche, mais fut incapable de prononcer un seul mot compréhensible. Il devint tout rouge et baissa la tête. Hisham se leva à son tour.

– Euh… ça va, mademoiselle Mia ?

– Le grand chef Obakou aimerait pouvoir dormir, mais vous êtes plus bruyants qu'une armée de soldats en permission. De l'intérieur, on n'entend que vos mots grossiers.

– Nous sommes désolés, crois-moi ; nous ne faisions que nous amuser. Mais nous arrêtons immédiatement.

– Merci, je vais dormir maintenant. Ç'a été une grosse journée, aujourd'hui.

– En effet.

– Demain, nous allons hisser la grande tour de guet au sommet de la montagne, puis ce sera terminé ici pour nous trois. Nous pourrons rejoindre Darhan et Zara à Karakorum. Vous feriez mieux d'aller dormir, vous aussi.

– Justement, répliqua Hisham, nous nous préparions pour la nuit.

– En luttant et en vous insultant ?

– Euh… oui. Nous, les Perses, aimons bien pratiquer la lutte avant d'aller nous coucher… Ça nous aide à mieux dormir.

– Eh bien, avec vous deux, j'aurai tout entendu ! Bonne nuit.

– Bonne nuit, mademoiselle Mia. Dors bien.

Le gros Perse donna un coup de coude à Subaï. Celui-ci ouvrit la bouche et laissa échapper un petit son aigu. Mia le fixa un long moment, hocha la tête en haussant les épaules, puis retourna à l'intérieur de la grande caverne. Hisham regarda son ami avec de gros yeux.

– Quoi?! s'exclama Subaï.

– C'était le moment de lui parler, pauvre cloche. T'as rien dit!

– J'ai répondu…

– On n'a rien compris!

– Bah…

– Ça fait partie de ton plan? Tout est calculé, c'est ça?

– C'est exactement ça! Je fais l'imbécile pour qu'elle ne se sente pas dominée par ma nature masculine oppressante. De cette façon, elle acquiert plus de confiance en elle. Je veux que notre relation soit basée sur un sentiment d'égalité et de réciprocité. Euh… tu comprends?

Hisham leva les yeux au ciel. L'orage semblait encore loin. Le Perse bâilla un long moment et s'étira. Demain, une grosse journée de travail s'annonçait, en effet. Il devrait de nouveau fournir des efforts extraordinaires afin de mettre en place cette tour de guet. Les hommes-cerfs, lorsqu'ils le voyaient forcer, les narines dilatées et sifflantes, les yeux injectés de sang, l'appelaient «le buffle de Perse».

– T'as vu comme elle l'appelle «Obakou», ce Braem? dit Subaï en sortant Hisham de ses rêveries.

– Oui. Ils prétendent qu'il est la nouvelle incarnation du dieu de la montagne.

– Et t'as vu tout ce qu'ils lui font manger? Il ne lève pas le petit doigt, se laissant gaver comme une oie. Pendant ce temps, c'est nous qui travaillons comme des forcenés. C'est nous qui faisons tout.

– C'est le privilège d'un dieu.

– Il paraît que plus le chef de la tribu est énorme, plus c'est un signe de prospérité.

– Il a du temps à rattraper, le Braem. Il n'était pas bien gros quand on est arrivés.

– Obakou…

– Ah oui! le grand chef Obakou! *Inch'Allah*.

***

De longues volutes de fumée jaunâtre puant le soufre flottaient dans le laboratoire de Dötchi. Le fils de Gengis Khān avait complètement investi les quartiers de l'ancien chaman de son père, le terrible Tarèk. Dorénavant, il y était chez lui, et une force prodigieuse l'habitait, s'exprimant par cette nouvelle confiance absolue qu'il avait en lui-même, chose qu'il n'avait jamais connue auparavant.

Lorsque son frère cadet, Ögödei, était venu le voir, quelques jours plus tôt, pour lui annoncer que les travaux du nouveau palais serainet bientôt achevés, que l'ancien allait être démoli et qu'il faudrait prévoir son déménagement, Dötchi l'avait congédié en le regardant dans les yeux et en lui disant tout bas:

– Non, mon frère, cet endroit ne sera pas détruit.

– Mais, je... j'ai besoin du bois pour les écuries royales, avait balbutié le futur empereur.

– Si tu veux du bois, coupe-t'en. Les souvenirs qui imprègnent ces murs ne serviront pas à loger des chevaux. Ce palais est dorénavant ma maison.

Ögödei était reparti sans ajouter un mot. Pendant que son grand frère parlait, il avait senti sa gorge se nouer comme lorsqu'on a très peur. Un froid intense avait envahi son cœur. Alors qu'il se remettait en selle, il s'était dit: «Il faut que je trouve un moyen de l'éloigner au plus vite.»

Ainsi, depuis cet incident, Dötchi s'exerçait à décapiter des oiseaux. Il en avait découpé plus d'une dizaine qui gisaient, les membres arrachés, les viscères éparpillées, sur la grande table de bois. Au milieu du sang et des plumes trônait un grand manuel qui avait appartenu à l'ancien propriétaire des lieux.

« Satané livre chinois ! pesta Dötchi intérieurement. Je n'y comprends pratiquement rien, à ces caractères mal foutus. Qu'est-ce que celui-ci veut dire ? C'est une maison ou un arbre ? C'est à croire que le scribe qui a transcrit ce livre était un manchot qui ne savait pas reproduire deux fois le même pictogramme. »

Après avoir ouvert le ventre d'une grive avec un petit couteau, Dötchi utilisa une paire de baguettes pour saisir les intestins du petit volatile, puis les étendit sur la table. Du sang rouge et noir s'en écoula.

– Beurk ! s'exclama le prince en regardant le plafond. Quel métier dégoûtant que celui de sorcier ! Qu'est-ce qui me prend de vouloir m'embarquer là-dedans ?! Allons donc ! dit-il en approchant son visage des abattis, que me disent les augures ?

Dötchi observa le livre, puis les entrailles, et de nouveau le livre. Il lança de toutes ses forces les baguettes en jurant à plusieurs reprises.

– Rien de rien! Je n'y comprendrai jamais rien! «Je retournerai à la maison!» Mais qu'est-ce que ça peut bien vouloir dire? Et quel rapport avec mes affaires que de savoir que je retournerai à la maison?

Il s'approcha du mur situé devant lui et saisit une épée qui y était appuyée. Avec des gestes secs et précis, il exécuta un superbe enchaînement de mouvements militaires avant de planter la pointe de son arme dans un mannequin de foin suspendu à l'autre extrémité du laboratoire.

– Bravo, Günshar! hurla Dötchi dans un accès de délire qui rappelait le mort vivant. Tu es bien là. Tu es l'âme qui guide mon bras. La grâce que j'incarne d'un seul coup d'épée! Ha! ha! ha!

Il se tut et se retourna à la vitesse de l'éclair en pointant son épée vers l'avant. Il avait nettement senti une présence derrière lui. Une forme humaine se détacha de l'obscurité et s'avança vers lui de manière presque surnaturelle. C'était son nouvel homme de confiance, Kian'jan. Celui qui l'accompagnerait maintenant dans la malédiction.

– Qu'est-ce que tu fais là? Par où tu es entré?

– Par la porte, maître.

– Je n'ai rien entendu, répondit Dötchi en baissant sa garde. Tu n'es pas croyable, toi. Tu as ouvert la porte et tu t'es avancé jusqu'ici, tout bonnement?

– Oui.

– Je ne sais pas ce que c'est, mais cette manière que tu as de glisser dans l'ombre en silence tient de la sorcellerie.

– D'une seconde nature, plutôt.

– Hum… c'est ce que nous verrons.

Dötchi alla dans un coin de la grande pièce, s'assit dans un fauteuil de bois, s'appuya sur les accoudoirs et joignant ses mains devant lui. Il renversa la tête vers l'arrière et exposa son visage hideux. Sa peau était maintenant blanche et grumeleuse, parcourue de grosses veines bleues. Elle faisait penser à ces fromages que les paysans oublient dans des grottes humides pour les faire vieillir. Ses cheveux, qui étaient passés du noir au gris, étaient clair-semés. Lorsqu'il parlait, on voyait l'intérieur de sa bouche, qui était tout noir.

– Alors, dit-il en se raclant la gorge, comment s'est déroulée cette rencontre avec mon frère Ögödei?

– Très bien. Il veut vous envoyer sur le front tangut pour que vous y rejoigniez les éclaireurs qui sont là-bas et que vous les aidiez à préparer le terrain qui devra accueillir les premières armées en provenance de la Perse.

– Ah bon? Comme c'est curieux…

– Il veut vous éloigner de Karakorum, prétextant que Gengis Khān arrivera bientôt. Il dit qu'il ne veut pas que votre père découvre que vous n'êtes pas parti pour la mer Caspienne comme il vous l'avait ordonné. D'ailleurs, voici les ordres.

Kian'jan remit à Dötchi le parchemin que lui avait confié Ögödei. Le fils aîné de Gengis Khān le déroula soigneusement, puis en lut le contenu.

– Ma foi, mon petit frère se prend déjà pour le maître de l'Empire. Regarde, il a apposé avec son sceau officiel et ses armoiries. Pour le front... Pourquoi veut-il m'envoyer là-bas ? Ma présence pourrait être signalée à mon père de toute façon. Les intentions d'Ögödei ne sont pas très claires. Qu'en penses-tu ?

– Je pense que vous connaissez déjà toutes les réponses à vos questions.

– Ah ! s'exclama Dötchi en se levant de son fauteuil, non seulement ton pas est plus furtif que celui d'un chat, mais, en plus, tu es très intelligent. Il faudra toujours que je me souvienne de me méfier de toi.

Un puissant coup de tonnerre se fit entendre. Le vent s'engouffra dans la pièce et fit vaciller les flammes des torches accrochées aux murs. Dötchi observa intensément le Tangut à la peau blanche et aux cheveux d'un noir presque bleu. Kian'jan ne broncha pas alors que l'esprit du prince cherchait à s'infiltrer en lui et à percer un secret qu'il le soupçonnait d'avoir enfoui au plus profond de son âme.

– Tu sais ce que dit ce message? lui demanda finalement Dötchi en désignant le parchemin d'Ögödei.

– Non, répondit-il.

– Tu es nommé à la tête d'une armée de mille hommes qui doit partir immédiatement pour les rives du Huang he.

\*\*\*

Il y avait plusieurs heures que l'orage se déchaînait, et le sentier qui traversait la montagne était devenu le lit d'une nouvelle rivière formée par les pluies torrentielles.

Darhan cheminait depuis plus de trois heures. Il y avait un moment déjà qu'il avait dû se résigner à marcher, car Gekko commençait à perdre pied dans la boue. Le jeune guerrier regardait à présent cette rivière qui s'était formée sur la route et il hésitait à s'engager sur le sentier qui menait en bas du ravin.

«Misère! Pourquoi est-ce que je ne suis pas revenu plus tôt? Ce que je peux être étourdi!»

Toutes ses pensées étaient pour Zara. Elle devait subir le contrecoup de l'orage. Non pas qu'il pensât qu'elle pût être effrayée, il la savait courageuse et déterminée. Par contre, elle était malade depuis quelques jours et il savait pertinemment que cette humidité ne pouvait qu'aggraver son état.

D'un pas plus qu'incertain, Darhan emprunta le sentier escarpé en tenant son cheval par la bride. L'animal le suivit fidèlement, mais il avait quand même l'œil affolé et sa tête se balança de manière saccadée de gauche à droite. Seule la main assurée de son maître arrivait à le maîtriser malgré le torrent dans lequel ils se déplaçaient tous les deux, qui se gonflait sans cesse au fur et à mesure qu'ils avançaient.

Mais il leur fut rapidement impossible de poursuivre leur route. Les chutes d'eau étaient trop abondantes, et le sentier, trop étroit. Darhan, le corps penché vers l'avant, l'avant-bras au-dessus des yeux, cherchait à y voir quelque chose dans la pluie et l'obscurité. Il voulut se risquer à s'avancer de nouveau dans le torrent, mais Gekko refusa catégoriquement de faire un pas de plus. Le cheval demeura immobile, ses longues pattes travaillant à garder son équilibre. Darhan lâcha la bride, regrettant d'avoir entraîné son ami dans un pareil bourbier.

En sentant la main de son maître qui l'abandonnait, l'animal, porté par son instinct, voulut faire demi-tour. Ce mouvement précipité dû à la panique fut une grave erreur. Sa patte avant gauche glissa sur un caillou. Il chuta brutalement sur le flanc et fut emporté par le courant. Darhan, impuissant, regarda son cheval qui, péniblement, cherchait à reprendre pied, mais qui retombait constamment descendant chaque fois plus bas. Et dans la nuit et la pluie abondante, Darhan le perdit rapidement de vue.

– Gekko! hurla-t-il à pleins poumons, les deux mains en porte-voix.

Son angoisse ne dura qu'un instant. Il vit une forme chevaline se déplacer une centaine de mètres en aval. L'animal s'était extirpé du courant, là où le sentier quittait les deux falaises jumelles.

Soulagé que Gekko s'en soit tiré, le garçon décida de continuer sa route. Malgré l'urgence, il éprouvait un certain plaisir à se retrouver ainsi mis au défi par la nature. Il fut un temps où il vécut sans conviction aucune, entraîné par un esprit au fond d'un lac. Aujourd'hui, il lui semblait qu'il aimait la vie plus que jamais.

Darhan finit par quitter le ravin. Il se retrouva, à son grand étonnement, dans un grand lac qui avait envahi toute la forêt environnante.

Il se savait très près de cet endroit où Zara et lui avaient monté la tente pour le campement. Ce lac, il n'en douta pas un instant, ne pouvait avoir été formé que par la rivière sortie de son lit. Il était évident que la tente avait été emportée par les flots. Darhan sentit l'angoisse le tenailler de nouveau.

– Zara! cria-t-il de toutes ses forces.

Il courut dans l'eau pendant de longues minutes zigzaguant entre les arbres et, appelant son amie, sans succès. Il finit par trouver le lit de la rivière. Celle-ci était déchaînée, dévalant la montagne dans un vacarme puissant qui résonnait tout autour. Le garçon s'avança, puis s'appuya sur un grand pin. Il ne restait aucune trace de ce qui avait été leur campement. Un énorme tourbillon s'était formé à cet endroit précis. Tout avait été emporté.

Darhan se pencha au-dessus de la rivière suspendu à une branche du grand pin qui s'étirait au-dessus du cours d'eau. Il s'avança prudemment. Et c'est alors qu'il vit Zara, plus bas, sur l'autre rive. Elle s'accrochait désespérément à la racine d'un arbre. Elle s'y agrippait à deux mains, la tête appuyée sur les bras.

– Zara! hurla encore Darhan.

La jeune fille de Kashgar releva lentement la tête. Son visage était blanc, presque bleu. Ses yeux livides étaient à demi ouverts. Tout son corps était secoué par de grands spasmes. Elle semblait à bout de forces et prête à tout abandonner. Mais elle reconnut son ami et, malgré son état lamentable, elle esquissa un petit sourire. Elle ouvrit la bouche, mais sans plus.

Darhan se précipita dans la rivière, tenant toujours la branche du grand pin. Il s'avança dans le torrent furieux, prêt à s'élancer vers Zara. Il lui sourit et lui cria des paroles encourageantes. Elle apprécia chacun de ses mots. Elle, si désespérée jusqu'alors, avait enfin une chance de s'en sortir. C'est avec une horreur sans nom qu'elle vit une énorme bille de bois qui descendait la rivière à toute vitesse heurter violemment le garçon en pleine poitrine.

Darhan fut retourné complètement par la force de l'impact, mais ne lâcha pas la branche. Un craquement se fit entendre et la branche céda. Darhan disparut aussitôt, emporté par la rivière. Zara le vit réapparaître un peu plus bas, tourbillonnant comme une poupée de chiffon. Puis il fut totalement englouti.

La jeune fille n'eut pas la force de crier. Perdant tout espoir, elle sentit ses forces qui l'abandonnaient. La racine à laquelle elle s'agrippait commença à lui glisser des mains.

*** 

Darhan reprit lentement ses esprits. Son corps était emporté au fond de la rivière déchaînée. Le tourbillon à la surface créait une puissante pression qui écrasait son dos contre le fond caillouteux du cours d'eau, l'empêchant de bouger. Au fur et à mesure qu'il revenait à lui, le berger des steppes sentit que tout son corps était ballotté, prisonnier des flots. À bout de souffle, il voulut remonter, mais en fut incapable tant le courant était puissant. Il commença à paniquer en comprenant que sa seule issue était la noyade. Il se débattit désespérément pendant un court moment, mais en vain ; la pression exercée par l'eau était trop forte. Il se calma.

Il faisait noir sous l'eau. En y regardant bien, le garçon voyait à la surface les éclats lumineux des éclairs de cet orage qui ne semblait pas près de se terminer. Darhan n'entendait que le tumulte de la rivière en furie.

Il pensa à Zara et revit son visage étonnant et ses cheveux ébouriffés, son sourire magnifique, qu'il avait vus pour la première fois dans une petite cabane de bois, dans une ruelle de Kashgar. Alors que ses pensées se tournaient vers celle qu'il aimait et qu'il cessait de s'inquiéter pour sa propre vie, il sentit son corps commencer à bouger plus librement.

Il comprit alors avec étonnement qu'il n'avait pas besoin d'air. Lorsque, tout jeune, il se baignait dans la rivière, il s'amusait à aller chercher des mollusques enfouis dans les fonds vaseux. Il devait évidemment retenir son souffle durant la plongée. Mais, cette fois-ci, rien de tel. Sans quitter des yeux la surface de la rivière et les reflets des éclairs, il sentit réellement ses poumons qui inspiraient et expiraient ; il sentit cette eau bienfaisante qui entrait en lui, comme ce jour où Tarèk l'avait entraîné au fond du lac Baïkal.

Darhan fut entouré par une forte lumière blanche. L'obscurité de la nuit céda la place à cette luminescence surnaturelle. Devant lui, se dessinant dans l'écume à la surface, apparut le visage si doux de Bun-yi qui flottait, bercé par les eaux du torrent. Sa voix résonna sourdement dans la tourmente des flots.

– Partout où tu iras, dans les univers aquatiques, je serai là pour toi. Partout, jeune guerrier, parce que tu m'as sauvée et aimée, je te serai fidèle. Va et nage vers ta belle ; c'est ton sang et ton avenir que tu dois sauver.

Le visage lumineux glissa doucement vers lui, puis se dissipa d'une manière diffuse. Darhan sentit le courant traverser son corps comme s'il se glissait dans ses muscles. Il était libéré par les flots et libre de ses mouvements.

Curieusement, son corps fut alors agité par une multitude de spasmes. Il partit à une vitesse stupéfiante dans une direction, puis dans une autre, se déplaçant entre les gros rochers qui meublaient le fond de la rivière. Il nagea dans les tourbillons de surface, fit un bond hors de l'eau, sentit l'air frais de la nuit sur son corps, puis replongea. Il remonta ainsi la rivière et, en quelques instants, fut auprès de Zara.

La pauvre jeune fille, à bout de forces, transie et agitée de convulsions dues à l'hypothermie, ne tenait plus sa misérable racine que du bout des doigts. Elle allait tout lâcher lorsqu'une étrange sensation envahit ses pieds, ses jambes, puis tout son corps. Une légion de petites formes visqueuses glissaient sur sa peau et s'enroulaient autour d'elle. Zara s'abandonna à cette sensation surnaturelle et sentit qu'on la sortait de l'eau. Elle fut transportée sur la berge. C'est là qu'elle reconnut avec soulagement les bras qui la portaient. Elle leva les yeux pour voir le visage de Darhan. Il la menait en lieu sûr, à l'abri de la tempête.

# CHAPITRE 3

## Les condamnés

Le capitaine Souggïs fut réveillé par Yoni. Celle-ci se tenait au-dessus de lui, son visage à quelques centimètres du sien. Surpris, l'ancien capitaine des prisons de Karakorum tenta de se relever, mais la jeune femme le maintint sur le sol en appuyant une main sur sa poitrine. Il recula un peu sur ses coudes et appuya sa tête contre les barreaux de la grande cage.

– Mais qu'est-ce que vous faites? demanda-t-il. Qu'est-ce qui se passe?

– Chut! Souggïs. Calmez-vous. Tout va bien.

Le capitaine eut un étourdissement. Il crut qu'il allait perdre conscience, puis fut assailli par un puissant mal de tête. Sa vision se brouilla. Il fut secoué par de longs spasmes accompagnés de haut-le-cœur. Mais les compresses d'eau froide que Yoni mettait sur son front lui faisaient le plus grand bien.

– Qu'est-ce qui m'arrive? murmura-t-il faiblement.

– Vous êtes passé très près de la mort. Ils savent s'y prendre, ces affreux sauvages.

Les souvenirs de la veille refirent soudain surface dans l'esprit confus de Souggïs. Il se vit, le ventre appuyé contre une grande bille de bois. On avait attaché ses mains avec de lourdes chaînes. Des hommes se succédaient et le frappaient à coups de bâton ou de cravache en lui criant des injures. Une de ces insultes était la pire des infamies pour un militaire : « déserteur ». C'était celle que criaient le plus souvent les hommes qui s'acharnaient à fouetter son pauvre dos. Ce mot résonnait maintenant dans sa tête comme un marteau qui frappe une enclume.

La veille, on était venu chercher l'ancien capitaine des prisons. Il avait été absent pendant la majeure partie de la journée. Il était revenu dans un état si pitoyable que Yoni avait tout de suite imaginé le pire. Mais il respirait encore. À genoux devant le pauvre Souggïs méconnaissable, elle s'adressa à l'homme qui l'avait ramené ainsi, Khunje, celui-là même qui les avait arrêtés quelques jours plus tôt.

– Mais… mais pourquoi ? balbutia-t-elle.

– Souggïs a été reconnu coupable de désertion. Demain, il sera exposé à l'entrée de la prison, attaché à un pieu et condamné à mourir dévoré par les charognards.

– Il a été votre chef, répondit Yoni en contemplant avec tristesse le corps mutilé de celui qui leur avait sauvé la vie, à ses filles et à elle.

– Je sais, et j'ai beaucoup appris de lui. J'ai surtout appris ce que c'est que d'être un militaire. Mais ce temps est révolu. Si Souggïs a été un bon maître pour moi autrefois, il est maintenant un traître qui mérite pleinement sa peine. S'il était l'homme que j'ai connu autrefois, il approuverait son châtiment.

– Günshar était un monstre, dit la femme avec des sanglots dans la voix.

– Je ne connais pas ce Günshar dont vous parlez, répliqua sèchement Khunje avant de quitter les lieux.

Yoni comprit soudainement l'ampleur du risque qu'avait pris Souggïs en abandonnant ses fonctions de capitaine pour se rebeller contre Günshar, l'envoyé du prince Dötchi. Il avait fait cela au péril de sa vie. À ses pieds, il s'éveillait dans la douleur, son visage enflé par les coups de poing et de pied, mais gardant toujours son calme, l'air presque serein.

– Ils vont me tuer? demanda-t-il d'une voix faible pendant que Yoni nettoyait le sang noir qui avait séché sur sa figure.

– Vous êtes condamné à mort, répondit-elle courageusement.

– Alors, je vais mourir. Et qu'adviendra-t-il de vous et de votre fille?

– Nous serons vendues au marché des esclaves.

Le capitaine grimaça, comme si cette nouvelle ravivait la douleur en lui. Il voulut se lever, mais en fut incapable; ses membres étaient brisés.

– Calmez-vous, dit la femme de nouveau. Reposez-vous.

– Oui. J'imagine que le pire est déjà passé. Sans doute que la mort sera plus douce que ce que j'ai enduré jusqu'à maintenant.

Souggïs trouva la force de prendre la main de Yoni dans la sienne. Il la serra avec une vigueur qui émut la jeune femme. Celle-ci détourna le regard pour voir sa fille, Yol, qui dormait un peu plus loin, emmitouflée dans de vieilles couvertures de laine.

– Je dois vous faire un aveu, dit l'homme.

– Inutile de troubler votre conscience en ce moment.

– J'y tiens absolument. Si je dois mourir, il faut que je puisse me confier à quelqu'un pour libérer mon âme de cette culpabilité qui m'accable. Cette personne, ce sera vous, Yoni, si vous le permettez.

Yoni esquissa un sourire. Elle repoussa quelques mèches de cheveux qui tombaient sur son visage en les faisant glisser derrière son oreille. Elle se contenta d'acquiescer seulement, incapable de prononcer un mot.

– Ici a vécu mon maître Luong Shar, déclara Souggïs d'une voix qui avait pris un aplomb surprenant.

– C'est celui qui vous a formé à l'art d'être un soldat.

– C'est exact. Il m'a offert ce qu'il y avait de meilleur en lui. Mais moi, malheureux, je l'ai trahi. Je suis responsable de sa mort. Je l'ai trahi pour satisfaire la volonté de Dötchi. Je l'ai fait parce que, dans mon cœur cupide, je nourrissais des désirs d'avancement et de richesse. Aujourd'hui, ce châtiment auquel je suis condamné, je le vois comme une bénédiction, un juste retour des choses. Ce visage de Luong Shar dans les nuages m'a guidé jusqu'à vous, et…

– Et vous avez sauvé la vie de mes filles. S'il y a une promesse que je peux vous faire, c'est qu'à jamais je vous ferai vivre dans mes prières. Car, moi, je vous le dis, Souggïs, vous êtes un homme infiniment bon.

L'ancien capitaine des prisons de Karakorum ferma les yeux et s'endormit comme un enfant, la tête sur les cuisses de Yoni. Celle-ci ne cessa de caresser délicatement ses longs cheveux noirs. Elle chanta une chanson comme celles qu'elle aimait fredonner pour endormir ses petits. C'était une chanson qui racontait l'histoire d'un jeune garçon qui partit un jour dans l'espoir de rencontrer la lune. Il marcha sans arrêt, des jours durant. Il était si courageux qu'il parvint un jour jusqu'à elle.

Yol vint rejoindre sa mère et, avec sa petite main douce, elle l'imita en caressant la chevelure du guerrier.

Quelques heures plus tard, vers le milieu de la journée, ils furent emmenés tous les trois par Khunje et d'autres soldats qui furent très brutaux avec Souggïs. Ils le soutinrent par les épaules, laissant traîner ses jambes cassées derrière lui.

On fit monter Yoni et sa fille dans un fourgon de prisonniers qui devait les mener jusqu'au marché des esclaves, sur la grande place centrale de Karakorum. La femme ne vit rien du dernier supplice du capitaine. Mais elle boucha les oreilles de la petite avec ses mains alors que le fourgon se mettait en route sous les efforts du bœuf de trait et que résonnaient partout dans les alentours les cris de souffrance de Souggïs, ligoté à un grand poteau que l'on hissait bien haut.

\*\*\*

La pluie avait cessé, mais les rivières des Montagnes noires grondaient toujours d'une manière furieuse en poursuivant leur travail acharné, drainant vers le fleuve Orkhon la phénoménale quantité d'eau qui était tombée partout sur la région pendant le déluge de la nuit précédente. Darhan se tenait debout près d'un abri fait de branches de sapin et de feuilles mortes. Il l'avait construit entre deux arbres vénérables à l'écorce profondément fissurée par les années. De leurs troncs aux dimensions impressionnantes s'élevaient vers le ciel de longues branches sinueuses, pratiquement dépouillées de leur feuillage en cette fin d'automne. Leurs puissantes racines s'enfonçaient dans une colline qui s'élevait entre deux hautes montagnes, un endroit stratégique pour quiconque voulait garder un œil sur les environs.

Debout sur ce promontoire, on pouvait voir la route qui sillonnait les Montagnes noires depuis les grandes plaines au nord de Karakorum jusqu'au lac Baïkal. Darhan l'avait parcourue à plusieurs reprises, cette route ; il y avait fait ses premières armes en tant que guerrier et commandant d'une troupe de l'armée de Gengis Khān. Elle avait acquis un aspect mythique à ses yeux. Son destin y était lié pour toujours. Et s'il parvenait, au bout de ses aventures, à retrouver sa mère et ses moutons, il s'installerait tout près, comme pour marquer à jamais le paysage qui allait l'accompagner jusqu'à la fin de ses jours.

S'il se réjouissait d'avoir retrouvé Mia, et s'il se promettait maintenant de ramener sa mère et Yol du royaume tangut – le dernier endroit où Mia les avait vues, c'était aux abords de la rivière Huang he –, sa principale préoccupation pour l'instant était Zara. Après l'avoir sortie des eaux glacées du torrent, il l'avait trouvée tremblante, gelée, les lèvres bleues. Il l'avait déposée un peu plus haut, sur une grande pierre. Elle s'était recroquevillée sans dire un mot, le corps parcouru de puissants spasmes.

Darhan avait essayé à plusieurs reprises de parler avec elle, mais chaque fois elle l'avait re regardé d'un air hagard en marmonnant des choses incohérentes. Il l'avait donc hissée sur cette colline en la tenant dans ses bras, tout contre lui, pendant que Gekko suivait docilement derrière. Il avait construit cet abri de fortune et y avait étendu Zara. Il l'avait ensuite recouverte de branches de résineux. Puis, malgré l'humidité ambiante, il avait réussi à allumer un feu. Il y avait chauffé des pierres qu'il avait ensuite transportées dans l'abri, tout près de son amie. Il avait répété ce manège pendant plusieurs heures, et s'était réjoui de voir que son état s'améliorait lentement.

Alors que les pierres chauffaient et que le jour se levait, Darhan remarqua que sa peau était huileuse et malodorante. Où qu'il se touchât, que ce fût aux mains, aux bras ou au visage, il sentait à la surface de sa peau cette huile poisseuse. C'était aussi vrai pour son ventre et ses jambes. En se penchant pour observer ses mollets, il perçut une odeur de poisson très franche. Il essaya tant bien que mal de se nettoyer avec un bout de tissu, mais l'odeur persistait.

– Je vais avoir besoin d'un bon bain, pensa-t-il tout haut.

– Darhan, fit faiblement la voix de Zara derrière lui. Darhan, est-ce que tu es là ?

Il s'empressa de la rejoindre, non sans prendre avec lui quelques pierres près du feu. Il les déposa dans l'abri avant de s'étendre tout près de la jeune fille. Ils se regardèrent dans les yeux un long moment.

– Ça va ? demanda Darhan.

– Oui, ça va, répondit Zara en esquissant un faible sourire et en prenant sa main dans la sienne. Je me sens bizarre. Je ne sais plus si j'ai chaud ou froid.

– On a failli y rester tous les deux.

– Mais, heureusement, tu étais là.

La jeune fille se retourna sur le dos et déploya ses membres pour la première fois, elle qui était demeurée en position fœtale depuis qu'il l'avait sortie de l'eau. Elle ressentit un grand frisson, mais demeura ainsi. Ses pieds nus et sales dépassaient au bout de l'abri. Darhan les recouvrit délicatement avec quelques branches de sapin.

– Mes souvenirs sont confus, dit Zara d'un ton rêveur. Je me souviens d'avoir espéré en te voyant de l'autre côté de la rivière, puis d'avoir perdu tout espoir quand tu as disparu sous les flots. J'ai du mal à me rappeler clairement ce qui s'est passé ensuite. Je demeure avec cette impression étrange d'une multitude de corps visqueux se collant contre moi, me soulevant et me portant sur la rive.

– Tu auras rêvé.

– Bien sûr que j'ai rêvé. J'étais heureuse de me réveiller dans tes bras.

– Et moi, de voir tes yeux s'ouvrir enfin, me laissant espérer que tu ne me quitterais pas pour une autre vie.

Zara referma les yeux sans perdre son joli sourire. Darhan se leva et sortit pour aller chercher d'autres pierres. Elle l'interpella de nouveau.

– Tu es en train de préparer le repas?

– Non, pourquoi?

– Il y a une odeur de poisson.

\*\*\*

Le fourgon qui transportait Yoni et Yol s'arrêta au milieu du marché de Karakorum. Même si celui-ci était moins fréquenté – les plus gros marchands avaient pris la route de la Chine et des royaumes perses ou indiens –, une activité étonnante y régnait toujours.

Yoni se trouvait dans un état étrange, entre le rêve et la réalité. Darhan et Mia avaient disparu et, maintenant, les cris de douleur de Souggïs ne cessaient de résonner en elle. Il lui semblait que toute sa vie avait fui loin derrière elle et qu'il n'y avait plus grand-chose devant à quoi elle aurait pu s'accrocher. C'est sans doute la raison pour laquelle elle serrait la petite Yol si fort dans ses bras.

Les soldats qui escortaient le fourgon étaient partis prendre leur repas de la mi-journée. Elles restèrent donc ainsi pendant plus d'une heure, toutes les deux, mère et fille, exposées au regard des passants. Si quel-ques-uns leur témoignèrent de la pitié en leur offrant un bout de pain ou un peu d'eau froide, la plupart leur crièrent des insultes, certains allèrent jusqu'à leur cracher dessus.

Quelques enfants vagabonds qui traînaient dans les rues de Karakorum s'amusèrent pendant un long moment à les harceler avec un bâton qu'ils passaient entre les barreaux. Impassible, Yoni se laissait frapper sans exprimer la moindre émotion, mais elle gardait ses bras serrés autour de sa fille pour la protéger.

Les gens de la rue regardaient le spectacle en riant.

– Plus fort! Plus fort! cria quelqu'un. Regardez comme elle la protège, sa pouilleuse de fille!

Ce furent les gardes, menés par Khunje, qui mirent un terme à l'ignoble manège de ces garnements.

– Espèces de petits crapauds! s'exclama Khunje en se précipitant vers le fourgon. J'espère qu'ils n'ont pas endommagé la marchandise. Sinon, on ne pourra plus la vendre au marché des esclaves. Et je vais encore devoir faire le sale boulot: me débarrasser d'une femme et d'un jeune enfant. Quel métier ingrat!

Mais il trouva Yoni en excellent état, et Yol ne portait pas la moindre trace de sang ou d'ecchymose.

– Eh bien, on a raison de dire que la femme mongole est la plus forte de toutes! Tu es faite en acier, tant mieux. Crois-moi, c'est tout à ton avantage. Prends quelques minutes pour te faire belle. Plus ta fille et toi serez présentables, moins vous aurez de chances d'être achetées par un maître minable et cruel. La racaille ne se vend pas cher aux enchères, et les conditions de vie sont souvent effroyables. Tu peux me croire; plusieurs, par le passé, auraient préféré périr au bout de mon épée qu'être vendus.

Yoni écouta les conseils du soldat. Elle arrangea ses cheveux et nettoya son visage et celui de Yol. On les fit ensuite monter sur une estrade afin de les présenter à des acheteurs qui évaluaient la marchandise qu'on mettrait plus tard aux enchères. Plusieurs experts considérèrent Yoni et Yol avec intérêt. Ceux qui avaient pour mission d'acheter des esclaves pour le compte de leur maître ou de leur chef de tribu savaient reconnaître la bonne marchandise. Malgré sa piètre allure, Yoni demeurait une jeune femme dans une forme physique extraordinaire. Ses épaules droites, sa mâchoire solide et ses dents bien en place en témoignaient. «Voilà une femme qui pourra accomplir du bon boulot, pendant de longues années, pensaient les acheteurs. Mon maître sera content.» Yol, pour sa part, avait une santé de fer et, malgré son jeune âge, ils estimaient qu'elle allait devenir une femme à l'image de sa mère : une vraie force de la nature.

C'est pourquoi, lorsque les enchères commencèrent et que vint le tour de Yoni et Yol, deux marchands se lancèrent dans une surenchère qui stupéfia tous ceux qui assistaient à la scène.

– Dix ! cria un homme qui semblait venir du nord, avec son chapeau de fourrure qui lui descendait sur les yeux.

– Onze ! renchérit un riche éleveur de chevaux qui portait des grandes bottes et un fouet à la taille.

Les enchères montèrent ainsi encore et encore, au plus grand bonheur de Khunje qui allait ramener une petite fortune à ses supérieurs pour ces deux esclaves capturées chez les marchands tangut.

L'éleveur de chevaux était sur le point de remporter l'enchère, l'homme du nord demeurant coi, les bras croisés sur la poitrine, quand un jeune homme, mal habillé, les cheveux longs, le visage à la peau très foncée, s'approcha de l'estrade et cria avec une vigueur inutile :

– Trente !

– Quoi ?! s'exclama Khunje. Tu en offres trente pièces ?

– Oui ! répondit le jeune impertinent en parlant toujours aussi fort. Trente pièces pour cette femme et sa fille.

Les badauds qui s'étaient amassés, attirés par ces enchères particulièrement intéressantes, furent emballés par cette nouvelle offre. Tous se mirent à discuter avec enthousiasme.

– Mais voyons, jeune homme, insista Khunje, les deux hommes qui se disputent ces esclaves sont des acheteurs sérieux, leur réputation n'est plus à faire.

Sans autre formalité, le jeune homme, dans un geste arrogant, jeta aux pieds de Khunje un sac rempli de pièces. Le murmure de la foule se transforma en un énorme brouhaha.

– Mon maître m'a donné un crédit illimité pour acheter cette femme et sa fille, et j'en offre trente pièces ! répéta le nouveau venu. Qui dit mieux ?

Le sergent Khunje regarda les deux acheteurs qui se gardèrent bien de surenchérir. En effet, payer une telle somme pour des esclaves n'avait aucun sens. Ce jeune homme, ou son maître, devait être fou. Ils se retirèrent, déconcertés.

Khunje remit la mère et sa fille à l'acheteur.

– Bon, ben, fit-il d'un air désolé à Yoni, j'ai été content de vous connaître. J'espère que tout se passera bien pour vous.

– Je n'oublierai jamais tout le mal que vous nous avez fait, répliqua la femme en lui lançant un regard rempli de mépris.

– Je n'ai fait que mon devoir, madame.

– Vous, les soldats et autres hommes de loi, aimez bien vous cacher derrière votre sens du devoir pour justifier les pires atrocités.

Ne pouvant supporter plus longtemps le regard de Yoni, le sergent baissa les yeux, honteux. Il se retourna, puis s'éloigna.

Le jeune homme, qui avait dépensé une petite fortune, regardait ses deux acquisitions avec un grand sourire de satisfaction. Il voulut passer une main dans les cheveux de la petite Yol, mais Yoni lui administra une claque si vive qu'il n'insista pas. Il les mena jusqu'à deux chevaux qui attendaient patiemment le retour de leur maître, aida Yoni à monter sur l'un d'eux et installa la petite fille devant sa mère. Puis il grimpa à son tour sur l'autre monture tout en tenant fermement la bride du cheval de Yoni et de Yol.

– Tu es notre nouveau maître ? lui demanda Yoni.

– Mais non, fit-il en rigolant. Est-ce que j'ai la gueule d'un maître ? Je suis un acheteur, c'est tout. Vous allez le rencontrer bientôt, votre nouveau maître. Avec sa caravane, il s'est mis en marche ce matin vers Kashgar. Il poursuivra son chemin jusqu'à Samarkand, et peut-être même jusqu'à Isfahan. Vous avez beaucoup de chance, madame. Vous et votre fille, vous appartenez dorénavant à l'un des plus riches marchands de tout le continent.

Ils quittèrent Karakorum et chevauchèrent jusqu'à la fin de la journée.

Les nuages qui recouvraient la steppe mongole depuis plusieurs jours s'allongeaient lentement en s'ouvrant, comme l'auraient fait de grands rideaux, pour faire place aux rayons du soleil. Au loin, une très longue caravane s'avançait sur la route poussiéreuse qui menait vers le désert de Taklamakan. Elle se dirigeait vers Kashgar, puis vers le territoire perse. Le soleil couchant donnait une teinte orangée à l'incroyable quantité de poussière que soulevait ce détachement impressionnant de chariots et de bétail.

Il ne faisait aucun doute dans l'esprit de Yoni que ce marchand était riche et puissant. Elle en eut la preuve lorsqu'elle vit les mercenaires lourdement armés qui gardaient ses biens. Ces hommes brutaux étaient engagés pour protéger la marchandise des brigands et autres voleurs de grand chemin.

Yoni et Yol furent conduites jusqu'à un grand carrosse monté sur quatre immenses roues en bois. L'habitacle était recouvert d'un riche tissu violet et orange, garni de fioritures de toutes sortes. Le jeune homme ordonna à Yoni et à Yol de descendre de cheval, devant ce véhicule digne d'un prince, puis il les força à se mettre à genoux.

– Allez, les filles, fit-il, prosternez-vous devant votre nouveau maître.

Émergeant de derrière le rideau violet du carrosse, une grosse main poilue recouverte de bagues et de bracelets en or se présenta à Yoni.

– Baise la main de ton maître qui te fait cette faveur, dit encore le jeune homme. C'est lui que tu devras servir. Tu lui appartiens et tu devras faire tout ce qu'il t'ordonnera.

La femme demeura de marbre, incapable d'embrasser cette main malgré l'ordre qu'elle venait de recevoir à cet effet. Elle se revoyait marchant sous la pluie. Sous ses genoux, le sable sec fit place à un sol trempé et boueux. Elle releva la tête et le rideau violet s'ouvrit complètement, dévoilant ainsi le visage du maître.

– Sois la bienvenue parmi les tiens, Yoni. Tu es de retour chez toi, maintenant.

C'était son frère Ürgo.

# CHAPITRE 4

## Les destins se séparent

Subaï dormait, confortablement emmitouflé dans les couvertures de peaux que leur avait remises le grand chef Braem-Obakou le matin de leur départ. Il fut subitement réveillé par les cris de plusieurs hommes. On se disputait à l'extérieur. Intrigué, le garçon enfila son pantalon et sortit à toute vitesse, pieds nus.

Une nuit froide, où la température était descendue sous le point de congélation, venait de se terminer. À l'est, un soleil magnifique se levait en étirant de longs rayons orangés qui faisaient étinceler la steppe givrée. Le grand fleuve Orkhon, gonflé par les eaux des dernières pluies, traversait le magnifique paysage.

– Aïe! fit Subaï en sautillant sur le givre qui fondait au contact de ses pieds.

À quelques mètres se tenait Hisham. Les mains posées sur ses yeux pour ne pas être aveuglé par la lumière du soleil levant, le gros Perse rigolait en regardant un groupe d'hommes qui se chamaillaient, plus loin, sur la rive orientale de l'Orkhon.

– Qu'est-ce qui se passe? demanda Subaï en s'approchant de son compagnon. Où est Mia? ajouta-t-il en constatant que le petit abri de la jeune fille était désert.

– Hum? Oh! elle est partie cueillir des herbes! Il paraît qu'il y a dans la région une herbe qui a des vertus particulières si on la cueille gelée.

Ils étaient tous les trois arrivés pendant la nuit. Mia les avait conduits jusqu'au fleuve Orkhon. Elle voulait se rendre jusqu'à l'endroit où son oncle avait l'habitude de camper, près de ce grand arbre et de cette grosse pierre en amont de Karakorum. C'était d'ailleurs en ce lieu que Darhan leur avait donné rendez-vous, lui qui brûlait de revoir son « cher » oncle Ürgo.

Ils avaient monté leurs deux abris plus haut sur le fleuve, à environ une demi-journée du campement d'Ürgo. Mia était partie tôt, avant le lever du soleil. Elle avait refusé l'aide de Hisham qui voulait l'accompagner, pré-textant qu'elle avait certaines herbes à cueillir et qu'elle devait être seule pour le faire.

– Alors, tu es debout, toi? dit le Perse à son jeune ami qui sautillait toujours. Tu dormais comme un loir.

– Oui, j'ai bien dormi, surtout qu'on a fait presque deux jours de route sans s'arrêter pour rattraper Darhan qu'on n'a même pas retrouvé… Ben, dis donc, qu'est-ce qu'ils font, ces gars-là ?

– C'est une querelle entre chasseurs. En cette période de migration, il y a plein de canards sur le fleuve. Ces idiots étaient cachés dans les roseaux et ont tiré plusieurs flèches, tous en même temps. Un seul des oiseaux a été touché et ils se disputent pour savoir qui l'a atteint.

Subaï s'avança en mettant à son tour ses mains sur ses yeux pour arriver à distinguer les hommes qui se chamaillaient plus bas sur le fleuve. Ils étaient six. Deux d'entre eux s'insultaient, debout dans le fleuve, sous les railleries et les encouragements de leurs compagnons. Ils s'empoignèrent et se mirent à lutter furieusement. L'un renversa l'autre et lui tint la tête sous l'eau pendant un très long moment. N'eût été l'intervention des quatre autres brutes, il l'aurait certainement noyé.

– Je mangerais bien du canard, dit Subaï. Rôti et farci, avec du gras parfumé qui gicle de partout.

– Je suis d'accord, fit Hisham en se léchant les babines.

– Quand je travaillais dans les cuisines de Mohammed Shah, il y avait ce gros chef qui était un imbécile, mais qui savait faire les meilleures pièces de viandes que j'aie mangées de toute ma vie. Il était à genoux devant Koti pour les herbes qu'elle mettait dans les plats mijotés, mais pour faire rôtir de la viande sur le feu, c'était le meilleur. Il prenait quatre agneaux et les enfilait sur une immense broche qu'il faisait tourner au-dessus des feux qui brûlaient dans les grandes cheminées de la cuisine. T'imagines, quatre agneaux embrochés comme des poulets?!

– Arrête, Subaï, je suis affamé.

– Un jour, pour la fête de je ne sais plus quel noble, il avait fait rôtir plein de canards laqués. Ce cochon, il les avait empilés les uns sur les autres pour en faire une montagne de volailles grillées dégoulinant de suc et de graisse juteuse, et il les avait agrémentés de figues bien fraîches.

– Arrête! J'ai faim! hurla Hisham.

– Tu crois qu'on peut s'en attraper un?

– Mouais, peut-être. Si Kian'jan ou Darhan étaient avec nous, ce ne serait pas un problème. Mais je ne suis pas très doué pour le tir à l'arc.

– J'ai ma fronde, on peut toujours essayer. Tu crois que Mia va revenir bientôt?

Hisham regarda pendant un long moment dans la direction qu'avait empruntée la jeune fille. Il secoua la tête de gauche à droite, très lentement, puis de plus en plus rapidement en affichant un grand sourire. Comme deux gamins, ils dévalèrent la grande colline jusqu'à la rive de l'Orkhon, en quête de canards à chasser.

***

Mia revint au milieu de la journée. Le soleil brillait toujours dans un ciel exempt de nuages. Malgré le vent froid qui soufflait des montagnes, il faisait bon laisser se chauffer le visage au soleil. La sœur de Darhan marchait en regardant ses pieds. Elle avait prétexté qu'elle avait quelques herbes à cueillir, ce qui était plus ou moins vrai, car elle voulait, avant tout, se rendre seule au campement de son oncle; celui qu'il utilisait durant les marchés saisonniers.

Les lieux étaient déserts. Chose étrange, Mia avait trouvé par terre une broderie de couleur pourpre qui lui rappelait celles confectionnées par les femmes sur les rives du Huang he. Cette pièce d'étoffe, oubliée là, avait appartenu à des Tangut.

«Visiblement, pensa-t-elle, Ürgo n'est pas venu ici cette année. Tant mieux si la saison a été si mauvaise que cette crapule n'a même pas pu venir vendre ses bêtes au marché. »

Évidemment, elle ignorait tout des dernières péripéties de son oncle. Et puisqu'elle avait quitté sa mère au bord du Huang he, elle la croyait toujours de l'autre côté du désert de Gobi, en compagnie des marchands.

Elle revint à son propre campement en espérant y rencontrer son frère qui, étonnamment, ne s'était toujours pas présenté. Darhan aurait dû arriver quelques jours plus tôt. À moins que, dans sa trop grande colère, il n'eût chassé Ürgo et les siens, et qu'il ne fût parti vers la ville. Mais Mia en doutait. Il aurait trouvé un moyen de l'en avertir.

La jeune fille sentit soudain son estomac se tordre. Elle mit ses mains sur son ventre et reprit son souffle. Elle sentit la salive lui inonder la bouche.

– Qormusta ! s'exclama-t-elle. Mais qu'est-ce qui se passe ? J'ai mal au ventre, c'est terrible. Je… je suis affamée !

En levant les yeux, elle vit le petit campement. Subaï et Hisham étaient assis devant un feu. Deux volailles rôtissaient sur une broche que le Perse faisait tourner tout doucement. Son compagnon, attentionné, recueillait dans un bol la graisse qui coulait pour en arroser constamment la viande dorée. Une délicieuse odeur flottait, portée par la fine brise qui soufflait ce jour-là, titillait l'estomac de Mia et lui rappelait qu'un bon repas était plus qu'urgent.

Les deux amis, les yeux ronds, étaient tellement obnubilés par la viande qui grillait qu'ils ne la virent pas arriver.

– Hé! les gars! fit-elle, surexcitée. Mais qu'est-ce que vous avez là?

– C'est du canard, mademoiselle Mia, fit Hisham en se retournant subitement.

– Oh! vous êtes géniaux! J'ai tellement faim!

– C'est Subaï qui les a attrapés avec sa fronde. Tu aurais dû voir ça. Il s'est levé deux fois, a lancé deux pierres et bang! Les canards ne les ont même pas vues venir. Deux lancers, deux canards… Faut le faire!

– Très bien, bravo, Subaï! C'est important, ça, pour un homme, de savoir chasser.

Le garçon devint tout rouge. Il voulut répondre, mais était si nerveux qu'il renversa son bol plein de graisse dans le feu, nourrissant les flammes qui, aussitôt, atteignirent son bras. Subaï, affolé, dévala en hurlant la pente qui menait jusqu'au fleuve. Le feu se propagea à tous ses vêtements. Il plongea dans le fleuve la tête la première. Plusieurs canards s'envolèrent, effrayés par cette furieuse torche humaine.

Hisham et Mia le regardaient, bouche bée; l'une amusée par le spectacle, l'autre complètement découragé par son ami.

\*\*\*

Les trois compagnons se régalèrent de ces canards rôtis comme s'ils n'avaient pas mangé depuis une éternité. Subaï était revenu du fleuve tête basse, la chemise calcinée. Heureusement, le feu n'avait pas eu le temps d'atteindre son bras.

Une fois rassasiés, ils s'étendirent pour faire une sieste. De longs nuages s'étiraient dans le ciel, signe que la pluie ou la neige viendrait bientôt. C'était peut-être la dernière journée de beau temps avant le long hiver de la Mongolie.

– Que fait Darhan? demanda Subaï.

Hisham répondit par un ronflement. Il dormait déjà.

– Je ne sais pas, dit Mia. Il a peut-être des ennuis dans les montagnes.

– Il a plu très fort, dernièrement.

– Oui. Mais je suis sûre qu'il va bien et qu'il nous rejoindra bientôt.

– Moi aussi, j'en suis sûr, ajouta Subaï.

Mia lui fit un clin d'œil et un sourire, puis elle se retourna pour dormir. C'était la première fois qu'ils se parlaient ainsi. Le garçon s'endormit paisiblement en s'imaginant debout, torse nu au soleil, avec des dizaines d'enfants, les siens, courant autour de lui, droit et fier devant sa yourte d'un blanc immaculé.

***

Depuis le départ de Gengis Khān pour les royaumes perses, jamais il n'y avait eu autant d'agitation dans la cour du vieux palais de Karakorum, celui que Dötchi appelait dorénavant sa maison.

Il était tôt le matin. Le magnifique soleil de la veille avait fait place à des nuages très bas qui laissaient présager une chute de neige imminente. Près d'un millier d'hommes se tenaient là, des soldats pour la plupart, cavaliers et éclaireurs. Ils avaient été envoyés en mission par Ögödei qui devait préparer le terrain en attendant d'être rejoint par le gros des armées de son père. Gengis Khān allait bientôt revenir des royaumes perses et gagner directement les rives du fleuve Huang he, le cœur du royaume tangut. Il leur faudrait quelques semaines pour traverser le désert de Gobi.

Ces hommes étaient commandés par un jeune capitaine taciturne au regard sombre. Selon la rumeur qui courait depuis quelques jours, c'était un soldat et un éclaireur hors pair. Il avait fait ses preuves plus d'une fois, entre autres durant la conquête de Samarkand par Gengis Khān. Personne ne pouvait les guider mieux que lui, disait-on, puisqu'il était Tangut lui-même. Il répondait au nom de Kian'jan.

Le nouveau capitaine finissait de sceller son cheval, serrant les sangles de cuir tressé sous le ventre de l'animal. Tous ses soldats étaient prêts. Ils faisaient partie des meilleurs éclaireurs de l'armée, des êtres infatigables qui, s'ils n'avaient pas l'agressivité et la force des fantassins et des archers au combat, étaient avant tout des hommes d'une autre race, des cavaliers exceptionnels, capables de parcourir des distances infinies à cheval. On les savait capables de survivre dans les conditions les plus difficiles. C'était eux que l'on envoyait à l'avant-scène pour faire rapport des déplacements des troupes ennemies. Ils constituaient l'une des clés essentielles des grandes victoires de Gengis Khān.

Un soldat s'approcha de Kian'jan et lui fit une révérence.

– Je suis honoré que vous m'ayez choisi pour vous accompagner, capitaine Kian'jan!

– Je vous ai connu autrefois en tant que valeureux soldat, Khunje. Je pense que vous me serez utile.

– Je suis surtout heureux de quitter cet affreux métier de gardien de prison.

– Souggïs a été condamné au pilori.

– Oui, fit Khunje en baissant les yeux. Hier matin. Il était encore vivant aux dernières nouvelles, mais très faible. Les corbeaux ont commencé à le tourmenter. Il n'en a plus pour longtemps. Il a été un bon chef pour moi, ajouta-t-il avec une pointe d'émotion dans la voix.

Kian'jan regarda Khunje avec froideur. Comme si ce que le soldat essayait d'exprimer n'avait aucun sens. Comme si lui-même, Kian'jan, n'avait jamais ressenti la moindre émotion, le moindre attachement à quoi ou à qui que ce soit. Comme s'il avait un cœur de pierre et qu'il n'appartenait même plus au monde des humains. Khunje, en voyant son capitaine réagir ainsi, en eut froid dans le dos.

Le Tangut monta sur son cheval et demanda à son nouvel aide de camp de sonner le dernier rassemblement en vue du départ imminent. Il ne manquait qu'une personne. Tous l'attendirent patiemment. Après une longue attente, durant laqquelle un silence lourd pesa sur toute cette armée, un homme apparut sur la terrasse du vieux palais, le visage camouflé et la démarche un peu boiteuse. Il descendit les grandes marches de bois mal entretenues, puis se dirigea vers le cheval que lui présenta le capitaine Kian'jan.

C'était Dötchi qui cherchait à passer inaperçu. De toute façon, personne ne l'aurait reconnu tant son aspect physique avait changé. Les soldats savaient que personne ne devait voir le visage de l'homme qui allait accompagner le commandant. Ils étaient tous persuadés qu'il s'agissait d'un puissant chaman qui allait leur porter chance durant leur périlleux voyage.

On sonna le départ, et la troupe sortit de la cour, les chevaux allant d'un pas martial, en formation serrée. Les gens qui marchaient dans les rues de la ville s'arrêtèrent pour commenter le spectacle; une autre guerre: de bonnes affaires. Les marchands de Karakorum ne tardèrent pas à quitter leurs commerces pour suivre les soldats de Gengis Khān en applaudissant à tout rompre. Parce que, derrière toute guerre, qu'elle soit morale ou territoriale, le véritable enjeu est toujours le même: s'approprier les biens de l'autre.

***

Hisham et Subaï partirent ce matin-là pour se rendre à la ville. Il fut entendu que Mia les attendrait à leur campement au bord de l'Orkhon, au cas où Darhan arriverait. Les deux amis chevauchèrent durant à peine une heure avant de voir apparaître Karakorum à l'horizon. Des milliers de yourtes l'encerclaient, donnant l'impression d'asphyxier les bâtiments de bois et de pierre en son centre.

La capitale de l'Empire mongol leur semblait plus grande qu'ils ne l'avaient connue. Comme si, au fur et à mesure que Gengis Khān accumulait les conquêtes, elle se gonflait d'orgueil sur la steppe, cherchant à disputer le titre de perle d'Asie aux grandes villes comme Samarkand, Kashgar ou Pékin. Une chose était sûre : elle était devenue un pôle d'attraction pour les voyageurs et les aventuriers, les marchands et les artisans. Tous venaient tenter leur chance dans la capitale impériale de cet étonnant peuple mongol qui semblait ne jamais devoir connaître la défaite.

– Oh ! s'exclama Subaï, admiratif, en voyant l'immense bâtiment qui se dressait sur tout un côté de la ville. Qu'est-ce que c'est que ça ?

– On dirait bien un palais, fit Hisham.

– Un nouveau palais pour l'empereur… Ah ! ils ne se privent pas, ceux-là !

– On peut tout se permettre quand on est le plus grand empereur de tous les temps.

Ils s'enfoncèrent dans le brouhaha de la ville avec l'intention de se rendre au marché, puis du côté du palais. Sur la grande place, ils trouvèrent une multitude de gens qui parlaient d'un détachement militaire en route pour le royaume tangut.

– La guerre a commencé! C'est la guerre! Gengis Khān est le plus grand!

Hisham et Subaï se regardèrent, étonnés.

– Une nouvelle guerre? Je croyais que les Tangut s'étaient alliés au peuple mongol! s'écria le Perse.

– Ils ont trompé le Khān de nouveau, lui répondit un homme. Et cette fois-ci, Gengis Khān sera sans pitié. Le fils d'Alan-Qo'a triomphera!

Au loin, on vit les drapeaux et les fanions annonçant l'arrivée du détachement militaire qui se frayait un chemin à travers la foule. Hisham et Subaï descendirent de leurs chevaux et s'avancèrent pour regarder passer les soldats.

– J'ai grandi dans les rues de cette ville et jamais je n'y ai vu autant de monde. Si Darhan est ici, il ne sera pas facile à trouver; autant chercher une aiguille dans une botte de foin.

– Tu as raison, dit Hisham. Ça ne sert à rien de s'attarder ici. Faisons le tour de la ville par l'extérieur. Nous pourrons interroger les chefs des quelques tribus qui campent dans les environs. Ils pourront mieux nous renseigner que ces badauds.

Hisham voulut retourner à l'endroit où ils avaient laissé les chevaux, mais Subaï lui demanda de rester un instant, car il voulait voir le cortège militaire. Le Perse acquiesça en souriant : il avait toujours aimé les défilés. Il suivit un instant son compagnon qui se faufilait dans la foule, mais il dut s'arrêter à cause de son gabarit.

Une cinquantaine d'hommes à cheval ouvraient le cortège en portant de grands fanions. Ensuite venait un premier groupe de tambours et de piqueurs armés de longues lances sur lesquelles étaient attachées des queues de chevaux. Une vingtaine de keshigs devançaient le commandant de l'expédition. Derrière lui, les éclaireurs suivaient par centaines, avec leurs équipements légers et leurs chevaux athlétiques bien entraînés à la course.

Le commandant était accompagné de son chaman, un homme caché sous une longue robe noire. Lui-même portait une superbe armure de fer et de cuir rouge. Son corps se balançait lentement au rythme de sa monture. Il tourna la tête au moment précis où il passa devant Hisham et ses yeux s'enfoncèrent directement dans les siens.

– Kian'jan! hurla Subaï. C'est Kian'jan!

Le Perse ne répondit pas à son jeune ami. Il l'entendit à peine, d'ailleurs. Il avait été submergé par une vive émotion en voyant Kian'jan. Il était incapable de parler. Il se mit à avancer machinalement, écartant la foule avec son corps imposant.

Les individus qu'il bousculait lui criaient des insultes, mais il s'en fichait. Son regard ne quittait plus Kian'jan qui s'éloignait.

Il accéléra le pas, culbutant littéralement les gens devant lui.

– Kian'jan!

Il entendit sa propre voix résonner au creux de sa poitrine

– Kian'jan!

Il courut furieusement et se joignit au cortège militaire. Ce fut la cohue générale. Les chevaux se cabraient et hennissait; les soldats criaient. Le Perse ne se préoccupait de rien. Des hommes armés se ruèrent sur lui pour essayer de le retenir. Mais, même à plusieurs, ils n'étaient pas de taille devant sa force herculéenne.

– Kian'jan! hurla encore Hisham en s'approchant de son ami. Kian'jan, ajouta-t-il, mais cette fois-ci faiblement, comme dans un soupir.

Le Tangut se retourna pour enfoncer ses yeux noirs, presque morts, dans ceux de son ami. Hisham fut dévasté. Alors qu'il ouvrait les bras d'une manière pathétique, il entendit une voix qui lui disait :

– Ton ami n'existe plus, homme de Perse. Déguerpis, et oublie le passé, si tu tiens à la vie.

Il sentit ses jambes devenir molles. Kian'jan se leva sur ses étriers et appuya un pied sur le torse du Perse. Si douze hommes n'étaient pas assez forts pour retenir Hisham, le pied de Kian'jan lui fit un mal atroce, le brûlant jusqu'au fond de la poitrine. Il perdit toute énergie et toute conviction. Il s'effondra sur le sol.

Les soldats qui avaient essayé de le retenir lui sautèrent dessus pour le tabasser. Ils l'abandonnèrent ensuite aux regards de la foule qui contemplait ce géant abattu, le visage tuméfié par les coups qu'il venait de recevoir. Étendu sur le dos, Hisham regardait le ciel gris au-dessus de sa tête. Les gens s'éloignèrent et il vit apparaître le visage de Subaï qui le regardait d'un air désolé. Puis l'image de son jeune ami s'embrouilla rapidement à cause des larmes qui inondèrent son visage.

\*\*\*

Hisham suivait Subaï, les épaules affaissées, la tête penchée vers l'avant. Ils errèrent un moment dans la ville. Les gens regardaient passer avec étonnement ce gamin qui menait par le bras un colosse qui avait l'air de porter tout le poids du monde sur ses épaules.

– Allons, Hisham, dit Subaï alors qu'ils sortaient de la ville, Kian'jan n'est pas dans son assiette. Après le mal qu'il a fait à Zara, c'est normal.

– Non, ce n'est pas normal, bougonna Hisham.

– Mais si, ça peut être très normal de piquer une colère et d'agir de façon stupide quand la fille que vous aimez en pince pour un autre. Kian'jan sait qu'il a fait une grave erreur, il se sent coupable, et il s'engage dans une campagne militaire pour expier sa faute et ses tourments. C'est dans l'ordre des choses.

– C'est lui qui n'est pas normal.

– Tu ne m'écoutes pas quand je parle. Je viens de t'expliquer que…

– Il n'est pas lui-même, insista Hisham. Tu as vu son regard ? Ce ne sont pas ses yeux. Ce n'est pas son âme. C'est quelqu'un d'autre.

– Ben… peut-être qu'il ne t'a pas reconnu. T'avais pas l'air bien, tu sais.

– Il est possédé.

– Qu'est-ce que tu racontes ?

– Il est possédé par le malin.

Subaï regarda attentivement son ami qui ne cessait de se gratter la barbe, la tirant fortement, en arrachant même quelques poils. Il faisait d'affreuses grimaces en se mordant la lèvre inférieure. Ses yeux roulaient dans tous les sens. De la sueur perlait sur son front. Subaï, qui avait subi la possession du singe Goubà, comprenait tout le mal que Kian'jan faisait à Hisham.

– Tu sais quoi ? fit Subaï. Nous allons retrouver Darhan. Et ensuite, je te promets que nous partirons à la poursuite de Kian'jan. Nous le suivrons jusqu'au bout du monde s'il le faut. Et s'il ne veut pas entendre raison, nous le ligoterons et le ramènerons ici à dos de chameau, d'accord ?

Hisham sourit un peu et acquiesça de la tête.

Ils trouvèrent Mia, au campement, assise en tailleur sur un bout d'étoffe, devant son abri. Il y avait devant elle des feuilles mortes qu'elle avait disposées au centre d'un petit cercle fait avec des galets de la rivière. Lorsque les deux compagnons descendirent de cheval, intrigués par l'allure de la jeune fille, celle-ci ouvrit les yeux subitement, l'air étonné, exactement comme l'aurait fait la vieille Koti.

– Mon frère va bien, dit-elle en riant. Il s'en vient.

***

Quelques heures plus tard, Subaï, le regard tourné en direction de la chaîne des Montagnes noires découpant l'horizon au nord, vit sur la grande route de Karakorum un cavalier qui chevauchait lentement. Avec ses yeux perçants, il reconnut Darhan qui tenait Zara. Assise devant lui, ondulant lentement au rythme des pas du cheval, cette dernière semblait mal en point.

Subaï appela Hisham et tous deux se précipitèrent vers les nouveaux arrivants. Les retrouvailles furent silencieuses. Ils menèrent Zara jusqu'au feu qui brûlait au centre du campement. Celle-ci s'assit en prenant une grande inspiration, puis expira longuement. Elle ouvrit ses grands yeux et regarda ses amis. Ils la dévisageaient.

– Je vais très bien, merci, dit-elle en leur faisant un sourire sincère, mais qui camouflait difficilement son grand épuisement.

Elle avait failli mourir de froid dans la tempête. Son corps en souffrait encore beaucoup. Mais son état s'améliorait chaque jour. Mia prépara une petite mixture avec des herbes que lui avait laissées Koti. Elle en fit boire quelques gorgées à Zara qui la remercia d'un sourire mais ne put s'empêcher de grimacer en avalant le breuvage au goût infect.

Hisham et Subaï racontèrent à Darhan leur journée en ville et leur rencontre avec Kian'jan. Le jeune guerrier, les coudes appuyés sur ses genoux, les poings sous le menton, écouta ses deux amis sans dire un mot. Il acquiesça tranquillement, puis posa des questions bien précises.

– Subaï, tu dis qu'un homme portant une grande cape noire se tenait près de lui?

– Oui. Si je n'étais pas persuadé qu'il est mort, je jurerais que c'était ce satané chaman, Tarèk. Il en avait l'allure, en tout cas.

– Et cette voix que tu as entendue, Hisham, tu dis qu'elle te parlait comme de l'intérieur? Comme si elle était dans ta tête, ou quelque chose comme ça?

– Oui, répondit Hisham qui en avait encore des frissons et dont la poitrine brûlait toujours à l'endroit précis où Kian'jan avait placé son pied, comme si elle avait été marquée au fer rouge. C'était quelque chose de pas naturel. Comme si la voix de Kian'jan était changée, transformée.

– Comme si ce n'était pas lui qui parlait?

– Oh! ce n'était pas lui, commandant, j'en suis persuadé! Je le connais depuis si longtemps; jamais il n'aurait pu faire ou dire une chose pareille.

– Moi aussi, Hisham, j'en suis persuadé, poursuivit Darhan. Notre ami est maintenant sous l'influence de l'esprit du mal. Et celui qui l'accompagne, c'est Dötchi. Il est le nouveau corps physique dans lequel s'incarne Kökötchü sur la terre des mortels. Il est celui que nous devons intercepter. Il est celui que nous devons éliminer si nous voulons briser ce lien maléfique qui l'unit à Kian'jan. C'est la seule façon de sauver notre ami. Demain, à la première heure, nous allons partir à la suite de cette armée d'éclaireurs. Nous sauverons notre ami, j'en fais le serment.

– Nous aussi, firent Hisham et Subaï.

Les trois compagnons mirent leurs mains les unes sur les autres.

Ce soir-là, Darhan se coucha en se demandant ce qui pouvait bien se tramer. Le départ de Dötchi pour le royaume tangut l'intriguait grandement. Il voulut chercher quelques réponses dans les étoiles, comme il avait coutume de le faire lorsqu'il se sentait dépassé par les événements, mais les nuages les cachaient totalement. Djin-ko, l'esprit du vent, ne lui avait-il pas dit que le mal cherchait dorénavant à mettre fin aux jours de l'empereur ? La clé de l'énigme se trouvait sans nul doute dans ce voyage de reconnaissance, sur ce terrain que devait préparer Dötchi.

***

Au petit matin, ils s'éveillèrent sur une steppe légèrement enneigée. Pendant la nuit, quelques flocons étaient tombés, recouvrant la terre d'une fine couche de neige blanche. Darhan vit son cheval, Gekko, qui fouillait la neige de son museau afin d'en dégager les longues herbes glacées qu'il broutait ensuite goulûment. Un soleil d'hiver cherchait à percer les quelques nuages qui persistaient. Bientôt, les rayons commenceraient à s'attaquer à ce mince manteau blanc qui ne verrait pas le milieu de la journée.

Le jeune guerrier appela son cheval qui, fidèle comme toujours, vint aussitôt à lui. Tous se préparaient pour un long voyage, démontant les tentes, ramassant ce qui traînait tout autour. Voulant s'assurer qu'ils ne manqueraient de rien, Darhan comptait les couvertures et les toiles, vérifiait la corde et, bien sûr, les provisions de viande séchée qu'il leur restait. Il savait qu'il leur faudrait chasser en chemin, et il connaissait plusieurs campements de nomades aux abords du désert de Gobi où ils pourraient s'approvisionner en nourriture et en eau avant la grande traversée du désert.

Le garçon s'approcha de Zara qui semblait fin prête. Elle terminait de rassembler ses longs cheveux sous un foulard.

– Tu monteras sur Gekko avec moi, lui dit-il. Nous irons à deux. Quand nous aurons la chance de rencontrer des éleveurs, nous essaierons de te trouver un cheval. Ce sera mieux pour le désert. Il ne faudra pas épuiser nos montures.

– Je ne partirai pas avec vous, répliqua tout bonnement la jeune fille.

Darhan la regarda un long moment, cherchant à percer le mystère derrière cette annonce. Zara le fixait avec son joli sourire, le regard rempli de candeur, mais avec une conviction certaine. Il sut dès lors qu'il lui serait impossible de la faire changer d'idée. Mais il hésitait à la quitter, sachant qu'il avait un long voyage devant lui et qu'elle n'allait pas bien.

– Il vaudrait mieux que tu viennes avec nous. Mia s'y connaît en remèdes pour soigner le mal, et…

– Je ne partirai pas non plus, intervint Mia. Je resterai avec Zara.

– Mais…, fit Darhan en élevant la voix sans trop savoir quoi répondre, un peu choqué que les deux filles aient tout décidé sans lui en parler.

– Ça vaut mieux ainsi, lui assura Zara. Je ne me sens pas bien et, justement, je serai mieux en compagnie de Mia. Et puis, après tout ce qui s'est passé, il vaut mieux que Kian'jan ne soit en contact qu'avec ses amis, tu comprends ? S'il me voyait, ça ne ferait peut-être que renforcer sa rancœur ou sa honte.

Darhan acquiesça sans dire un mot de plus. Il monta à cheval et fit signe à ses deux compagnons de l'imiter.

Il fixa longuement Zara, son regard s'enfonçant dans les yeux de celle qu'il aimait. Quelque chose n'allait pas. Quelque chose lui échappait ; une chose qui avait une importance capitale dans sa vie. Mais il n'arrivait pas à mettre le doigt dessus.

– Soyez prudentes, lança-t-il. Vous avez la vieille yourte que nous a laissée Koti, ajouta-t-il en montrant les toiles de feutre roulées sur les travois que tirait un vieux cheval. Les hommes-cerfs nous ont donné une bonne quantité de peaux, aussi. Vous pourrez les échanger contre du matériel.

– Mais oui, répondit Mia, ne t'inquiète pas. Nous allons nous trouver un coin tranquille près de Karakorum pour passer l'hiver. Tiens ! nous serons à cet endroit où Ürgo avait l'habitude de camper.

– Mais…

– S'il revient, il aura affaire à moi.

Darhan se mit à rire.

– D'accord. Je vais tenter de trouver maman et Yol près du fleuve Huang he, si elles y sont toujours. Tu dis que le capitaine Souggïs les accompagnait ?

– Exact.

– Alors, je vous souhaite un bon hiver. Soyez prudentes !

Hisham et Subaï saluèrent Mia et Zara, puis les trois compagnons prirent la route en direction du sud en suivant un moment l'Orkhon. Ils bifurqueraient vers l'est pour rejoindre la grande route qui traversait le désert ; celle qu'avait, hors de tout doute, empruntée l'armée de Dötchi et de Kian'jan. C'était cette même route que suivaient les marchands mongols et tangut depuis près d'un millier d'années.

*** 

Mia et Zara demeurèrent un moment plantées là, regardant les trois garçons s'éloigner sur la route. Elles ne dirent pas un mot. La journée avançait lentement et il ne restait pratiquement plus rien de la neige du matin. Le soleil brillait, mais un vent très froid se leva, arrachant les dernières feuilles des quelques arbres qui poussaient le long des rives de l'Orkhon.

– Merci de rester avec moi, finit par dire Zara.

– C'est tout naturel, répondit Mia. Mais je dois t'avouer que si je le fais, c'est que j'ai une étrange impression depuis que je t'ai vue hier soir, et j'aimerais vraiment que tu me dises si je me trompe ou non.

Zara eut un sourire gêné, puis acquiesça légèrement de la tête. Elle regarda de nouveau dans cette direction où Darhan n'était plus qu'une forme évanescente dans l'horizon infini de la steppe. Les feuilles et la poussière roulaient sur l'herbe, soulevées par le vent.

– C'est bien vrai, fit-elle. J'attends un enfant.

# CHAPITRE 5

## Sur la route éternelle

Les deux jeunes filles devinrent de très bonnes amies en quelques mots à peine. Leurs destins étaient maintenant si intimement liés qu'elles se sentaient un peu comme des sœurs. Dès que Zara confirma qu'elle portait dans son ventre l'enfant de Darhan, Mia sut qu'elle devait accueillir à bras ouverts ce nouveau membre dans la famille. Elle imaginait la réaction de sa mère, Yoni. Elle serait si heureuse d'apprendre cette nouvelle extraordinaire! Pour les Mongols de cette époque, rien n'était plus important que la famille, si nécessaire dans ces conditions de vie difficiles. Au xiiie siècle, en Asie centrale, alors que les guerres faisaient rage partout sur le continent, l'espérance de vie dépassait à peine les quarante ans. La vie devait commencer tôt. Les garçons partaient très jeunes pour la guerre et les filles, tout aussi jeunes, pour la maternité.

Mia et Zara se mirent en marche vers Karakorum avec l'intention d'y troquer les peaux d'ours et de cervidés que leur avaient offertes les hommes-cerfs. Elles s'en serviraient comme monnaie d'échange pour s'acheter de la farine et tout ce qu'il leur faudrait pour passer l'hiver.

Le marché était toujours très animé, mais déjà, on pouvait voir de vastes étendues de boue piétinées, entre les grands étalages et les kiosques. La neige de la dernière nuit avait convaincu plusieurs marchands qu'il était temps de partir.

Mia et Zara trouvèrent tout ce dont elles avaient besoin chez un affable marchand naïman. Le vieil homme souriait toujours, exposant une seule dent qui s'accrochait désespérément à sa gencive du haut. Il avait la peau du visage très foncée et très ridée, signe qu'il avait passé sa vie à parcourir les steppes où le vent et le soleil sont impitoyables. Il se prit immédiatement d'affection pour les deux jeunes filles à qui il offrit, en échange des peaux, de la farine, mais aussi de la viande séchée, de l'huile, de même qu'une petite brebis, pas bien grosse, mais qui pourrait donner du lait frais pour quelque temps encore.

– C'est la saison, dit le vieux marchand en riant. Faites-la s'accoupler et vous aurez du lait pour toute l'année. Et qui sait, encore quelques printemps et vous serez peut-être les propriétaires du plus grand troupeau à avoir jamais brouté sur la steppe!

Zara sourit avec candeur; Mia, quant à elle, grimaça. Le souvenir de sa famille unie, entourée de ses moutons, était douloureux pour elle. Reconnaissantes envers le vieux Naïman, les deux filles reprirent leur route avec l'intention de monter la yourte avant la nuit. Elles empruntèrent le chemin qui passait devant le vieux palais abandonné, puis devant la grande prison de Karakorum.

Très peu de gens osaient demeurer aux abords de la prison. Ceux qui le faisaient étaient des misérables qui habitaient d'infectes cabanes de bois ou de vieilles yourtes très sales. L'air que l'on respirait dans les environs puait les ordures et les excréments et, évidemment, le paysage de tous les jours était épouvantable, avec ces piliers qui s'élevaient tout le long de la grande palissade, là où l'on empalait les prisonniers. Ce jour-là, il n'y avait qu'un seul condamné.

Ce fut Mia qui reconnut, après l'avoir observé attentivement, l'homme que ses blessures avaient rendu méconnaissable.

– Souggïs! s'exclama-t-elle, saisie d'horreur.

– Tu connais cet homme? demanda Zara en mettant une main devant sa bouche, épouvantée.

Mia ne put faire autrement que d'acquiescer, incapable de prononcer un mot de plus.

Le pauvre capitaine était attaché à un immense pieu, à plusieurs mètres du sol. Il était dans un état pitoyable. Sur la palissade était perchée une colonie de corbeaux, de vautours et d'autres charognards qui attendaient patiemment que leur repas soit à point. Ce qui, en un sens, était bon signe, puisque cela signifiait que l'homme était toujours vivant.

Alors qu'elles s'approchaient de la scène macabre en se tenant par la main, les deux jeunes filles virent un corbeau atterrir sur le pieu, juste au-dessus de la tête de Souggïs, et essayer d'arracher un morceau de chair de sa figure. Le condamné, avec l'énergie du désespoir, réussit à faire claquer ses dents. Cela effraya l'oiseau qui s'en retourna sur son perchoir. Inlassablement, il attendrait encore plusieurs jours, s'il le fallait, que le supplicié ait rendu l'âme pour ensuite se régaler de ses chairs. On dit que les corbeaux ont une préférence pour les yeux des condamnés et que c'est le premier endroit vers lequel ils se dirigent, les arrachant avec leur bec et les avalant tout rond.

Mia et Zara, au pied du poteau, avaient de la difficulté à garder les yeux fixés sur Souggïs.

Sa peau était couverte de plaies et de lacérations. Elles pouvaient entendre son souffle court ; l'homme haletait en râlant.

– Souggïs, dit Mia d'une voix tremblante, consternée de le voir à Karakorum.

Puis, animée d'une force étonnante, elle cria :

– Souggïs !

L'homme baissa la tête et ouvrit des yeux hagards qu'il posa sur les deux filles. Il reconnut immédiatement Mia qu'il croyait disparue, enlevée par Günshar le mort vivant. Il sourit sans savoir s'il devait remercier le ciel pour ce miracle, ou s'il devait en déduire qu'il était maintenant mort et qu'il avait rejoint la fille de Yoni dans le monde des esprits.

– Mia…, souffla-t-il péniblement. C'est vraiment toi ?

– Oui, Souggïs, c'est moi.

– Mais comment est-ce possible ?

– C'est une longue histoire. J'ai fait un long voyage. Mais je suis là, près de toi. Et, je t'en supplie, dis-moi où sont ma mère et ma sœur !

– Elles ont été emmenées au marché des esclaves, répondit l'homme. C'est tout ce que je sais. Ça fait deux jours que je suis ici. Je ne passerai pas une autre nuit…

– Nous allons te descendre de là. Tu vivras, je le jure sur la tête de mon père et sur celle de ma mère.

Un garde s'approcha au même moment. C'était un jeune homme, à peine plus vieux que Zara. Il avait l'air d'un idiot. Il marchait en traînant les pieds, la bouche entrouverte.

– Euh… vous le connaissez? demanda-t-il de façon pratiquement incompréhensible tellement il articulait mal.

– Oui, fit Mia en regardant sévèrement le jeune soldat dans les yeux. C'est mon cousin.

– Oh! je suis désolé! s'exclama le garçon d'un air navré. Votre cousin est un déserteur.

– Aucun membre de ma famille n'est un déserteur, répliqua sèchement Mia.

Le soldat bêta fixait maintenant ses pieds.

– Je suis désolé, répéta-t-il, je ne peux rien faire: il est condamné à mort.

– Est-ce que je peux, au moins, lui porter un peu d'eau? Il souffre terriblement et je m'en voudrais de ne rien faire pour alléger son supplice.

– Mouais, marmonna l'autre sans conviction. Il devrait être mort à l'heure qu'il est et, moi, je devrais être rentré chez moi. Je n'ai pas que ça à faire, surveiller des mourants. Euh… si vous grimpiez sur la palissade, peut-être qu'en étirant le bras vous pourriez verser un peu d'eau sur son visage. Mais je ne peux pas vous laisser faire, ce n'est pas dans le règlement.

– Aie un peu de pitié.

– Oui, mais ce n'est pas dans le règlement. Je dois appliquer le règlement.

Mia, voyant que cet abruti s'accrochait à son règlement, changea d'attitude. Elle ouvrit ses grands yeux ronds et présenta un visage désolé, implorant. Le jeune soldat, gêné, était maintenant tout rouge. Il faisait non de la tête, comme pour se convaincre, mais finit tout de même par accepter.

– C'est d'accord, vous pouvez lui donner à boire. Mais je ne dois pas vous voir, sinon je serai corrigé et battu par mes supérieurs. Alors, je vais aller faire un tour là-bas et je reviendrai tout à l'heure.

– D'accord.

– Je m'en vais pour faire comme si je n'avais rien vu, et ensuite tout doit être terminé.

– Bien sûr.

– Je ne veux pas vous voir, ni vous entendre, c'est bon ?

– Oui, très bien, ça va. Tu ne verras rien. Merci.

Zara partit en rigolant pour aller chercher le cheval. La petite brebis du vieux Naïman, qui était attachée à l'un des travois, suivit en bêlant. La jeune fille de Kashgar versa un peu d'eau dans un bol et le tendit à Mia. Au moment où le récipient passa d'une main à l'autre, les deux filles se firent un clin d'œil complice. Zara acquiesça silencieusement et s'en alla trouver le garde qui s'était éloigné. Il marchait le long de la muraille, les deux mains derrière le dos, en sifflant comme pour se donner un air innocent. Elle le prit par le bras et l'obligea à accélérer le pas.

– Alors, mon ami, lança-t-elle, quoi de neuf ici?

– Quoi de neuf, de quoi? dit le garçon en se laissant entraîner, mais en tournant tout de même la tête pour tenter de voir ce que faisait l'autre fille.

– Dis-moi, qu'est-ce que tu fais de tes journées?

– Pas grand-chose. Je surveille. C'est plutôt tranquille par ici.

– Il faut bien que tu passes le temps.

– Ah oui! Quand je m'ennuie, j'aime jouer aux dés.

– Aux dés?! s'exclama joyeusement Zara.

– Euh… ben oui, fit le jeune garde, étonné de cette réaction.

– J'adore les dés! Tu veux me montrer comment on joue?

Le garçon hésita quelques secondes avant d'accepter. Étant donné qu'il n'avait jamais de partenaire de jeu, il lui était difficile de refuser l'offre de Zara. Il l'amena donc derrière le mur de la prison. Il y avait là une petite cabane construite en billes de bois, rappelant un peu la yourte des nomades, mais avec un toit de forme conique qui s'élevait très haut et qui était surmonté d'un fanion bleu battant au vent. C'était le poste de rassemblement des gardes de la prison.

– Ce que nous faisons est illégal, dit le garde le plus sérieusement du monde. Si on m'attrape, je vais me faire fouetter.

Tout en parlant avec l'air accablé d'une victime, il sortit d'un coffre de bois un tapis de feutre et cinq dés qu'il déposa sur une table. Il jeta un regard allumé sur Zara.

– On joue à l'argent?

\*\*\*

Pendant que Zara jouait sa petite comédie, Mia escaladait la palissade pour aider Souggïs. Aussitôt parvenue au sommet, elle lâcha un hurlement furieux. Les charognards s'élevèrent dans les airs en battant mollement des ailes et allèrent se poser plus loin. En se retenant d'un bras, Mia se pencha au-dessus du vide et put verser de l'eau sur le visage de l'ancien capitaine des prisons. Elle lança ensuite le bol et sortit un petit couteau avec lequel elle s'appliqua à couper les cordes qui maintenaient le condamné sur le poteau.

Elle regardait régulièrement en direction de la cabane pour s'assurer que le garde était toujours à l'intérieur avec Zara. Les liens qui retenaient Souggïs étaient résistants et s'enfonçaient profondément dans la chair de ses bras, de son torse et de ses jambes.

– Il va falloir t'accrocher, dit Mia. La chute sera brutale. Je n'ai pas d'autre moyen de t'aider.

Son bras, celui grâce auquel elle se tenait suspendue dans les airs, commençait à lui faire affreusement mal. Mais, courageuse, elle continua à couper les cordes, dont les fils se défaisaient un à un. Le corps de Souggïs se mit à descendre. Contrairement à ce que Mia avait cru, il ne tomba pas. Il glissa le long du poteau, doucement d'abord, puis très rapidement. L'homme heurta durement le sol.

Les charognards affamés, exaspérés de voir cette jeune fille « s'amuser » avec leur nourriture, glapirent, piaillèrent et croassèrent avec rage, comme s'ils comprenaient soudainement que ce supplicié, dont ils attendaient la mort depuis plusieurs jours, allait leur échapper.

Mia devint anxieuse. Ces satanés charognards allaient tout faire rater. Elle se mit debout sur la palissade et entreprit de les faire fuir. Elle s'avança dans leur direction, posant un pied devant l'autre, les bras tendus de chaque côté, comme un funambule. Mais elle perdit bientôt l'équilibre et fit une chute de plusieurs mètres.

***

– Sept! Je gagne!

– Eh oui, tu gagnes encore! Moi, je perds toujours. Je ne suis pas très bonne.

– Hé, hé! je suis le meilleur!

– Le meilleur, ajouta Zara, qui cherchait par tous les moyens à étirer le temps pour donner le plus de chances possible à Mia.

C'est alors que s'éleva la cacophonie des hurlements d'oiseaux. Le garde hésita à jeter de nouveau les dés. Il regarda par la porte, puis se leva.

– Qu'est-ce que c'est que ce vacarme?

– Ce n'est rien, dit Zara. C'est seulement quelques oiseaux.

– Je les connais, ces foutues bêtes. Il faut qu'il se passe quelque chose de grave.

– Alors, c'est sûrement que le condamné est mort et qu'ils se sont mis à table, déclara la jeune fille avec un léger tremblement dans la voix.

Il lui lança un regard complice.

– Exact! Allons voir comment ils le dévorent, celui-là.

– Mais je ne veux pas voir ça!

Il ne l'écouta pas et partit au pas de course. Zara, affolée, ne savait plus quoi faire. Elle se saisit d'un marteau qui était appuyé sur le côté de la porte, puis sortit à son tour.

Le garde se tenait debout, immobile, et regardait Souggïs d'un air stupéfait. Celui-ci avait glissé le long de son pieu et était maintenant assis sur le sol. Mia s'activait à couper les derniers liens avec son coutéau pendant que les oiseaux volaient au-dessus de leur tête en poursuivant leur tintamarre. Le soldat empoigna sa lance et la leva devant lui, prêt à charger. Il voulut crier, mais reçut un violent coup à la tête et s'affaissa par terre. Tenant le marteau à deux mains, Zara regarda le garçon qui gisait, inconscient, à ses pieds.

– Seigneur, dit-elle, pourvu que je ne lui aie pas fait trop mal!

Elle se précipita vers Mia. À elles deux, elles défirent les liens de Souggïs. Une fois l'homme libéré, Zara s'empressa de le hisser sur les travois, et l'aida à s'étendre sur les toiles et sur les sacs de farine.

Mia demeura sur le sol, les mains appuyées sur le poteau.

– Qu'est-ce que tu as?

– Je… je pense que je me suis foulé la cheville en tombant de la palissade.

Zara invita Mia à s'installer près de Souggïs. La jeune sœur de Darhan attrapa la petite brebis et la fit grimper sur elle. Zara se hissa sur son cheval d'un seul bond agile.

Un cri retentit derrière eux. C'était le jeune garde qui s'était relevé. Il se toucha le front et regarda le sang sur sa main. Il les héla de nouveau avant de retomber face contre terre.

– Dis donc, fit Mia en se retournant vers Zara, tu l'as amoché!

– Bah, oui! Il aurait dû continuer à jouer aux dés, cet imbécile.

La jeune fille donna un grand coup de talon dans le flanc du cheval qui détala dans les rues de la ville.

\*\*\*

– Et puis, lança Hisham, confortablement installé sur la selle de son cheval, ça te fait de la peine de devoir quitter ta «future femme»?

– Oui, répondit Subaï le plus sérieusement du monde. Je suis triste, c'est sûr.

– Et elle aussi?

– Elle a du chagrin, c'est vrai. Mais qu'est-ce que tu veux, mon ami? Nous, les hommes, nous sommes faits comme ça. C'est l'aventure avant tout. C'est dans notre sang. Mais elle me fait confiance. Elle sait que je suis fidèle et que je reviendrai auprès d'elle.

– Tant mieux, fit Hisham en agitant la tête de gauche à droite, éberlué par la quantité de bêtises que pouvait débiter Subaï.

Douce folie ou grande naïveté? Peu importait à Subaï. Le gros Perse sourit en regardant son jeune ami qui avait l'air tout à fait heureux.

Ils chevauchaient maintenant sur une route couverte d'une poussière rouge que soulevait le vent d'ouest. La végétation grasse des grandes plaines faisait dorénavant place à une herbe plus rachitique et à quelques arbres de petite taille. Au loin, des montagnes de roche rouge annonçaient que, très bientôt, il n'y aurait plus de vie dans les alentours et que la grande traversée du désert de Gobi allait débuter.

Darhan était accroupi sur la route. Il avait posé un genou sur le sol et le tâtait minutieusement de sa main droite. Il regarda Hisham et Subaï sur leurs chevaux. Les deux compagnons s'étaient couvert le nez et la bouche d'un foulard afin de se protéger de la poussière.

– Ils sont passés par ici ce matin. Nous les aurons rejoints avant la tombée de la nuit si nous conservons un bon rythme.

– En espérant que le vent se calme, dit Hisham. Sinon, il faudra nous arrêter. Les tempêtes de sable peuvent être particulièrement pénibles à cette époque de l'année.

– Nous serons prudents. Je connais assez bien la région, le rassura Darhan. L'endroit où nous passions l'hiver, ma famille et moi, se trouve à environ une demi-journée de cheval, plus à l'est. Je sais que, sur cette route qui mène au royaume tangut, il y a un point d'eau, pas très loin. Je ne serais pas étonné que Dötchi veuille y faire passer la nuit à ses soldats.

– Et de quelle façon allons-nous nous approcher de Kian'jan ? demanda Subaï. Il est entouré de milliers de soldats.

– Nous verrons à ce moment-là, fit Darhan. Nous allons commencer par l'espionner pour connaître ses habitudes. Je sais déjà qu'il aime bien se promener seul le matin.

– C'est vrai, confirma Hisham. Il était toujours le premier levé pour faire ses promenades.

– Alors, nous pourrons peut-être l'approcher à ce moment.

– Et qu'est-ce qu'on va faire, alors ? reprit Subaï. On l'assomme et on le kidnappe ?

– Je ne pense pas que ce soit la meilleure idée, répondit Darhan. Si on commençait par essayer de lui parler ?

Il se releva et enfourcha Gekko. De grosses larmes coulaient des yeux du pauvre cheval, torturé par le vent. Malgré cela, ils poursuivirent leur route à bonne allure.

Vers la fin de la journée, alors que le vent tombait un peu et que la poussière rouge se reposait tranquillement sur le sol, ils quittèrent la route pour suivre le chemin indiqué par Darhan. Ils se rendirent sur un plateau rocheux surmonté de quelques arbres au tronc sec et gris et aux branches sans feuillage. Ils laissèrent là les chevaux et s'engagèrent sur un sentier escarpé que seules les chèvres et les autres bêtes sauvages des environs pouvaient emprunter.

Darhan recommanda ensuite à ses compagnons de s'accroupir, et ils s'avancèrent prudemment jusqu'à un sommet. Ils se retrouvèrent derrière un rocher, près d'un endroit parsemé d'arbres squelettiques. Plus bas, à leurs pieds, à une centaine de mètres, l'armée de Dötchi et de Kian'jan était campée. Des tentes et quelques yourtes étaient montées tout près d'une rivière qui semblait émerger miraculeusement des pierres séchées.

– Et voilà! fit Darhan avec le sourire. Je vous l'avais bien dit qu'ils camperaient par ici.

– Tout à fait! répondit Hisham. Notre commandant n'a pas perdu la main, à ce que je vois.

– Ouais, marmonna Subaï. D'accord, qu'est-ce qu'on fait maintenant ?

– Maintenant, il faut essayer de localiser Kian'jan.

– D'ici, on ne voit rien, et bientôt il fera nuit.

Ce campement d'un millier d'hommes occupait un espace considérable. Les trois compagnons arrivaient à distinguer une yourte plus grande que les autres, au beau milieu du camp, sur une petite colline. Ce devait être celle de Kian'jan, puisqu'il était le commandant en chef de cette armée. Mais elle était si loin qu'on ne voyait rien de précis. Avec la nuit qui allait tomber, même si le Tangut venait à sortir, il échapperait certainement à leur surveillance.

Darhan était songeur. Il s'adressa à Hisham.

– L'idéal, je pense, serait que quelqu'un se glisse jusque-là, sans se faire remarquer, pour observer ce qui se passe autour de la grande yourte.

– Pour ce qui est de ne pas se faire remarquer, je vais passer mon tour. Avec ma corpulence, je serais trop facilement repérable parmi ces cavaliers poids plume.

– Et, moi, je ne peux pas trop m'approcher de Dötchi. L'influence du mal est grande sur lui, et je crains qu'il sente ma présence. Il nous faut quelqu'un d'autre…

Ils regardèrent tous les deux Subaï qui rongeait une racine qu'il avait arrachée à la terre, sous un arbuste. Il crachait l'écorce et mâchouillait le centre.

– C'est bon, dit-il en leur en tendant un bout. Ça a un goût de réglisse. Vous en voulez?

– Subaï, grogna Hisham, ne fais pas semblant que tu n'as rien entendu.

– Non, je te jure, ça a un goût de réglisse. Pas comme celle qui vient du sud et qu'on trouve au marché, mais ici, dans ce désert pourri, c'est pas mal.

– Subaï!

– Quoi? Vous voulez que j'aille là-bas, que je me glisse à travers une armée de mille soldats aguerris et que j'aille espionner tout seul un affreux sorcier omnipotent qui a volé l'esprit de notre copain?

– Ben... oui, firent-ils tous les deux.

– Il fallait le dire!

Subaï sauta par-dessus le rocher avec enthousiasme, prêt à partir. Darhan le saisit fermement par son écharpe.

– Un instant, toi, dit-il en mettant son visage tout près du sien. Je veux que tu comprennes certaines choses.

– Quoi?

– Je ne veux pas que tu t'approches de Kian'jan, et encore moins que tu lui parles. Est-ce que c'est compris?

– Pourquoi?

– Parce que nous sommes là pour observer et obtenir des informations. Kian'jan n'est plus lui-même. S'il te voit, c'est toute notre entreprise qui s'en trouvera compromise. Est-ce que c'est clair?

– Mais oui, c'est clair! Je ne vois vraiment pas pourquoi tu prends ce ton avec moi.

– Il prend ce ton avec toi, intervint Hisham, parce qu'il sait très bien que tu as une cervelle d'oiseau, voilà pourquoi!

– Oh! toi, le gros, on t'a pas sonné!

Le Perse voulut saisir le garçon par le collet, mais Darhan lâcha son écharpe, ce qui permit à Subaï de s'éloigner de quelques pas. puis, il lui envoya la main d'une manière moqueuse et lui adressa un sourire qui dévoila toutes ses dents. En faisant un petit pas de danse, il cria:

– Salut, gros débile!

Puis il détala comme un lièvre, sautillant entre les pierres, pendant qu'Hisham jurait tout seul en serrant les poings.

Le soleil se couchait derrière eux. Le camp de Dötchi et de Kian'jan était déjà plongé dans une semi-obscurité. Partout, on voyait des feux qui s'allumaient et des soldats qui se préparaient pour le repas du soir. Le vent était complètement tombé et de longs nuages s'étiraient en prenant des teintes rouges et orangées. Hisham et Darhan se retournèrent et s'assirent, le dos appuyé contre un rocher. Ils contemplèrent ainsi le coucher du soleil.

– On peut lui faire confiance? demanda Hisham.

– Je pense que oui. Subaï a vécu des aventures particulièrement difficiles. Il sait quoi faire, enfin… je le pense.

– Et moi, je pense que cet écervelé n'a rien appris et qu'il est toujours aussi étourdi!

Darhan tendit subitement l'oreille. Il fit signe à Hisham de s'accroupir encore plus derrière le rocher.

– Quelqu'un vient par le sentier, chuchota-t-il. Nous devons nous cacher. Allons plus loin sur le flanc de la montagne.

Ils déguerpirent tous les deux le plus furtivement possible pour chercher un abri. À une vingtaine de mètres, ils s'accroupirent parmi des buissons épineux et virent une patrouille de cinq hommes qui avaient décidé de prendre une pause, exactement là où ils se trouvaient un instant auparavant.

La nuit durant, ils devraient être sur leurs gardes. Les patrouilles allaient être à l'affût partout dans un rayon de un kilomètre autour du campement.

\*\*\*

La longue caravane progressait sur la célèbre route de la soie, celle-là même qu'emprunterait Marco Polo pour faire découvrir à l'Europe les trésors et les mystères de l'Extrême-Orient. Partie de Karakorum cinq jours plus tôt, elle cheminait lentement en direction des grandes villes du Khwarezm et de toute la Perse pour y vendre les marchandises accumulées à Eriqaya et à Karakorum, apportant aux gens de ces contrées des biens inconnus ou convoités. Des troupeaux de chameaux, de chevaux et de yacks, en tout plus de cinq cents bêtes, accompagnaient le convoi.

L'homme qui possédait tout cela était extrêmement puissant. C'était un individu craint et respecté, l'un des plus riches marchands de cette partie du monde. C'était un homme dur et autoritaire devant qui l'on s'agenouillait. Ses mercenaires faisaient trembler les pauvres gens qui venaient quémander ses faveurs. Lorsqu'il disait : « J'achète » ou « Je vends », tous se réjouissaient sans trop savoir pourquoi, comme si c'était le roi lui-même qui venait de prendre une décision bénéfique pour tous.

Oui, tous le respectaient, lui, assis dans ce grand carrosse en bois sculpté de couleur bleue, incrusté de pierreries. Une peinture dorée faisait ressortir le contour de chaque détail perceptible. L'habitacle était rempli de coussins de soie, de parfums, et de fruits appétissants. Une légère fumée sentant le doux encens des Indes y flottait toujours et charma tous ceux qui approchaient la demeure roulante du riche propriétaire.

On entendit des cris provenant de l'intérieur. Tous savaient que la colère du marchand pouvait être terrible. Il hurla si fort que le cocher crut bon d'arrêter les chevaux. Et ce fut toute la caravane, s'étirant sur plusieurs centaines de mètres, qui se figea complètement. Tous ceux qui travaillaient pour lui, une cinquantaine d'hommes et de femmes, sans compter les mercenaires, se turent pour écouter la colère de leur maître. On vit une porte s'ouvrir et claquer contre une des parois du carrosse. Un coussin de soie rouge tomba au milieu de la route de sable. Puis une jeune femme chuta en bas de la voiture et roula sur le sol. Elle se releva aussitôt et replaça sa robe sale et déchirée.

– Ma fille! cria-t-elle. Rends-moi ma fille, espèce de crapule!

– Tiens, la voilà, ta sale progéniture!

Une petite fille d'à peine huit ans fut éjectée du carrosse et atterrit directement dans les bras de sa mère qui retomba avec elle sur le sol. Elles se relevèrent toutes les deux en se tenant par la main. La jeune femme, c'était Yoni, et elle était dans une colère noire.

– Alcoolique! Pourriture! Puisses-tu mourir dans d'atroces souffrances. Sois maudit à jamais!

– Toi-même, sale peste! Comment oses-tu refuser cette main que je te tends? Comment oses-tu refuser de servir ton frère? Tu me brises le cœur. Je t'offre tout. Je t'offre plus de richesses et de luxe que tout ce dont tu pourras rêver dans toute ta vie. Et voilà comment tu me remercies! Tu es une ingrate. Tout ce qui est à moi t'appartient. Tous les biens de notre famille sont à toi. Comment oses-tu lever le nez sur tout ce bonheur et ce confort que je t'offre?!

– Rien de tout de cela ne t'appartient. Tu l'as volé en racontant d'affreux mensonges à des fonctionnaires corrompus. Tu es un voleur!

– Mais non, ma sœur, tu te trompes. Tout est à moi. Et légalement, en plus…

– C'est une caravane de marchands tangut.

Ürgo, debout dans l'encadrement de la porte, se mit à rire très fort en tenant son gros ventre à deux mains.

– Ha! ha! ha! Ah ouais? Et où ils sont, ces fameux Tangut? Où ils sont pour contester la légitimité des biens d'Ürgo? Coucou, les Tangut! Où êtes-vous?

Il fit le pitre un moment en faisant semblant de chercher à gauche et à droite, en regardant sous le carrosse et dans le ciel.

– Ah! oui, c'est vrai, dit-il en prenant un air mauvais, ils ne sont pas ici, les Tangut! Ils sont morts! Ha! ha! ha! Oh! et puis, de toute façon, ils étaient condamnés d'avance! Gengis Khān s'en va brûler leur royaume. Alors, à quoi bon, dis-moi? Aussi bien que tout cela me revienne à moi, n'est-ce pas? Hé, hé! pauvre petite sœur qui refuse de me laver les pieds.

– Sale monstre dégoûtant!

– C'est ça, c'est ça! En attendant que tu retrouves la raison et que tu comprennes enfin la chance que tu as d'avoir un frère aussi généreux que moi… Mais oui, Yoni, je suis toujours prêt à te pardonner. Qu'est-ce que tu veux? J'ai un grand cœur! Tu pourrais me trahir de la pire façon que je t'ouvrirais encore les bras. En attendant que tu retrouves la raison, donc, tu vas marcher, attachée à ma voiture comme une vulgaire bête de somme. Ha! ha! ha! Demain, nous entrerons dans le désert de Taklamakan. Il paraît qu'il peut faire chaud là-bas. C'est toute ta tête qui va cuire, gamine. Et là seulement, à bout de souffle et de forces, tu ne désireras qu'une seule chose: te mettre à genoux pour nettoyer mes orteils. Alors, tu comprendras que j'ai été forcé de faire cela, et tu m'en remercieras.

Yoni et Yol furent attachées derrière le carrosse d'Ürgo. Elles marchèrent péniblement pendant plusieurs heures. L'un des mercenaires, celui-là même qui les avait achetées à Karakorum, eut pitié de la petite fille et la prit dans ses bras.

– Comment tu t'appelles? lui demanda Yoni d'une voix rauque.

– Gülü.

Elle acquiesça seulement de la tête, comme si elle en prenait note, tout en lui témoignant sa gratitude pour son geste. Devrait-elle se résoudre à accomplir toutes les tâches humiliantes auxquelles voulait la contraindre son frère pour éviter que Yol ne soit soumise à un traitement brutal? Elle commençait à penser que oui. Son obstination et sa fierté n'avaient plus de sens. En prenant Yol dans ses bras, ce jeune soldat lui avait redonné un peu de dignité. Elle lui en était reconnaissante.

\*\*\*

Agenouillées près de Souggïs qui avait une forte fièvre, Mia et Zara lui épongeaient le front avec des compresses d'eau froide. Le pauvre homme ne cessait de s'éveiller en hurlant. Il reprenait tranquillement ses esprits, et sa douleur se faisait de plus en plus grande. En effet, comme les deux jeunes filles avaient pu le constater avec horreur en le soignant, on lui avait cassé les jambes à coups de marteau avant de l'attacher au pilori.

Elles avaient monté la toile de la yourte aussi vite que maladroitement sur les deux travois pour en faire un abri de fortune. Leurs aventures n'étaient pas terminées. La rencontre avec Souggïs avait changé la donne. Pendant que Zara chevauchait dans la ville, traînant les travois derrière elle, Mia avait interrogé l'homme toujours conscient. Il s'exprimait toutefois difficilement.

– Je t'en prie, Souggïs, répète encore une fois. J'entends très mal ce que tu dis. Prends ton temps. Où est ma mère?

L'homme faisait du mieux qu'il pouvait, mais les travois qui sautaient sur le chemin cahoteux le secouaient dans tous les sens, le faisant atrocement souffrir.

– Esclaves, avait-il dit finalement en s'efforçant de mieux articuler.

– Quoi, esclaves? Qui est esclave? Est-ce que c'est ma mère?

– Oui, avait-il répondu dans un long soupir. Vendue... marché esclaves... Karakorum.

– Stop! avait hurlé Mia.

Zara avait fait s'immobiliser le cheval. Sur les instructions de Mia, elle s'était dirigée vers le marché des esclaves. Il leur avait fallu un bon moment pour trouver le renseignement qu'elles cherchaient. Finalement, un négociant leur avait raconté qu'il avait vu, en effet, un jeune écervelé acheter une jeune femme et sa fille à un prix exorbitant. Il semblait que cet homme travaillait pour un riche marchand, qui avait pris la route de l'ouest en direction de Kashgar, puis de Samarkand.

***

Alors que le soleil se couchait lentement et que de gros nuages noirs annonçaient une pluie prochaine, Mia quitta l'abri pour s'asseoir près de Zara. Un feu brûlait et le vent faisait rouler des tisons sur l'herbe. Les deux filles s'installèrent l'une contre l'autre et s'enroulèrent dans plusieurs peaux de daims.

– Il dort? demanda Zara.

– Oui, il dort, dit Mia. Je suis épuisée.

– Tu es restée longtemps près de lui.

– Il ne voulait pas s'endormir. Il avait peur de ne plus jamais se réveiller.

– C'était beau, cette chanson que tu fredonnais.

– C'est une chanson de ma mère. Ce qui est étonnant, c'est qu'il semblait la connaître.

– Nous partons demain?

– Tu n'es pas obligée de me suivre, répondit Mia.

– Je le veux.

Lorsqu'elles se réveillèrent, le lendemain matin, quelques flocons tournoyaient çà et là, descendant doucement du ciel. Il n'y avait plus de vent. Mia et Zara démontèrent l'abri et remirent patiemment tout leur bagage sur les travois. La route qui reliait Karakorum et Kashgar défilait maintenant sous leurs pas lents.

Zara marchait devant en tenant la bride du vieux cheval. Mia suivait en gardant constamment un œil sur Souggïs, attaché sur leur chargement.

– Tu vas bien? demanda Mia à Zara.

– Oui, je vais bien, dit cette dernière en se retournant vers sa nouvelle amie et en passant une main sur son ventre. Mes nausées ont disparu.

– Tant mieux! La tisane que je t'ai donnée t'a fait du bien.

– Sans aucun doute, mais je pense surtout que je suis très heureuse de repartir à l'aventure.

– Passer l'hiver à ne rien faire, il y a de quoi avoir la nausée, c'est vrai!

Elles rirent toutes les deux. Malgré la douleur et la tristesse, malgré cette vie difficile et parfois sans pitié, elles se sentaient bien. Elles étaient heureuses de reprendre la route. Cette route qui, comme la vie, s'étendait devant elles, à jamais. La route éternelle.

# Chapitre 6

## Complots…

Tout comme l'avait fait Tarèk chaque fois qu'il était parti à la guerre avec le khān, Dötchi avait demandé aux soldats de son escorte de monter sa yourte à l'extérieur du camp militaire. Ceux-ci avaient à peine essayé de l'en dissuader, se contentant de souligner que cela l'exposerait au danger. Très vite, Dötchi s'était mis à rire, faisant entendre ce son affreux qui sortait du fond de sa gorge. Sa bouche grande ouverte et sa salive noire en avaient dégoûté plus d'un. Les hommes n'avaient pas insisté.

– Vous verrez que même les chiens galeux n'oseront pas s'approcher de ma demeure ! Ha ! ha ! ha !

En effet, les soldats virent même des oiseaux faire un détour pour éviter de survoler la yourte de Dötchi.

Les hommes qui en gardaient les alentours le faisaient par devoir, parce qu'on leur avait confié cette tâche, et non parce qu'ils en avaient envie. Chaque fois qu'ils se trouvaient à proximité du mystérieux chaman, une grande angoisse les serrait au ventre, accompagnée du sentiment insupportable d'une catastrophe imminente. Si la désertion n'avait pas été punie par la condamnation à mort, ils auraient pris leurs jambes à leur cou et ne seraient jamais revenus. Inutile d'ajouter qu'ils attendaient toujours avec la plus grande impatience l'arrivée de la relève. Malgré la menace des coups de fouet, certains se comportaient parfois d'une manière insensée, simplement pour être relevés de leur fonction et quitter l'entourage malsain de ce chaman noir.

Il faut dire que, contrairement à Tarèk qui demeurait toujours discret, se gardant de toute extravagance, Dötchi aimait se comporter de façon vulgaire pour effrayer ses hommes. Rien ne l'amusait davantage que de tirer la langue en faisant rouler les horribles sécrétions qu'il avait au fond de la gorge. Sans doute une quelconque réminiscence des manières de Günshar qui habitait maintenant un coin de son esprit.

Sa yourte était donc installée à l'extérieur du campement, à une dizaine de minutes à pied. Deux grands fanions portant les armoiries d'Ögödei et surmontés par une série de crânes cloués les uns aux autres flottaient au-dessus. L'intérieur de la tente était très sombre et d'aspect modeste. Le sol de sable et de cailloux n'était occupé que par un tapis et une paillasse. Un objet familier trônait en son centre. C'était cette grande assiette de métal dans laquelle Dötchi, tout comme Tarèk avant lui, faisait brûler des braises pour invoquer les esprits.

Des charbons de bois brûlaient dans l'assiette. Le fils du khān dormait sur la paillasse, les jambes repliées, les mains croisées sur le ventre. Il resta ainsi plus d'une heure, puis se releva lorsqu'il sut que le feu s'était calmé et qu'il ne restait plus que des braises ardentes. Il jeta sur les braises un peu de poudre de soufre. Elle crépita projetant tout autour des étincelles, et dégagea par la suite cette fumée jaunâtre à l'odeur si caractéristique. En quelques instants, on ne vit plus rien dans la yourte et l'air devint complètement irrespirable.

Dötchi attrapa un sac de cuir duquel il sortit une tête d'un homme tranchée d'un coup d'épée. Il la déposa devant lui, puis aligna autour quelques osselets blanchis à la chaux.

Une forme humaine apparut au-dessus du brasier ardent. Dans la fumée jaune et opaque, un visage inquiétant se dessina. C'était un visage flou, aux traits difficilement reconnaissables, si bien que l'on n'arrivait pas à déterminer s'il appartenait à un vieillard ou à un enfant.

Dötchi sourit avec bonheur. Il tendit les mains devant lui dans la fumée, comme s'il avait voulu toucher le visage de cet être qu'il avait invoqué depuis les enfers.

– Je suis vôtre, ô maître !

Ses yeux se révulsèrent, n'en laissant plus voir que le blanc. Des sons effroyables sortaient de sa gorge, comme si les sécrétions noires étaient en ébullition. Des jets en sortaient, tels ceux des geysers, et s'élevaient à plus de un mètre dans les airs. Ses mains s'agitaient furieusement dans la fumée. Puis il se calma aussi vite qu'il s'était agité. Il se mit à parler un langage étrange.

À sa droite, le sable se mit à bouger. Une ondulation était perceptible. Elle fit lentement le tour de la yourte avant de bifurquer vers le centre, en direction de Dötchi. Du sable émergea un serpent aux écailles grises et à la tête surmontée de petites cornes. L'animal, une vipère, mordit la cuisse de l'homme. Celui-ci accusa le coup sans broncher.

Alors que le reptile faisait pénétrer son venin dans son corps, Dötchi, les yeux toujours révulsés, prit un couteau et lui coupa la tête. Le sang se mit à gicler. En tenant à l'envers le corps de l'animal qui se débattait, le sorcier s'assura que la lame du couteau était complètement couverte de sang. Puis il l'enfonça dans le sable. Les grains se collèrent au métal. Pour finir, il planta la lame dans les braises pour la chauffer. Il prononçait sans cesse des mots étranges qu'il psalmodiait comme une prière.

À l'extérieur de la yourte, les pauvres gardes épouvantés ne savaient que faire. Ils durent s'éloigner tant la fumée jaunâtre était épaisse et nauséabonde. Certains d'entre eux devinrent fous. Ils couraient en hurlant avant de se jeter sur le sol, la tête entre les mains. Il y avait une musique qui battait, tel un tambour, un air qui les rendait malades. C'était un rythme insupportable : un tambour battant sourdement et répétant continuellement : « Kökötchü, Kökötchü, Kökötchü. »

***

Subaï s'était glissé aisément dans le camp militaire. Une troupe de cette ampleur était accompagnée de nombreux écuyers et serviteurs. Soit ils accompagnaient un haut gradé, soit ils s'occupaient de tout un clan. Ainsi, s'il dut être prudent dans son approche pour éviter d'être repéré par les patrouilles qui surveillaient les alentours, le garçon put se détendre un peu et marcher comme si de rien n'était entre les tentes et les groupes de guerriers.

La tente principale, celle où logeait le chef de ce détachement, était facilement repérable. Elle s'élevait sur un monticule et était entourée de hauts fanions. Plusieurs gardes en surveillaient les différents accès. Il serait sans doute facile pour Subaï de s'approcher de la colline, mais se glisser jusqu'à la yourte serait une autre paire de manches.

Il marchait depuis un moment avec l'air résolu de celui qui sait où il va lorsqu'un soldat l'interpella.

— Hé! toi, gamin! Qu'est-ce que tu fais là?

Subaï s'arrêta pour voir tout un groupe d'hommes qui le regardaient. Celui qui lui avait parlé était debout. Les autres étaient assis sur le sol, autour d'une marmite dans laquelle ils plongeaient leur bol. C'était blanc, crémeux et grumeleux.

— Je t'ai demandé ce que tu faisais là! insista l'homme.

— Ça ne te regarde pas, bonhomme! répondit Subaï en élevant la voix.

Tous les soldats qui étaient assis se mirent à rigoler. Celui qui était debout s'avança vers le jeune insolent en faisant claquer son poing droit dans le creux de sa main gauche.

Il était petit et avait les cheveux noirs, très sales. Son équipement était marqué par une multitude de coups d'épée et de masse qu'il avait dû encaisser au cours de batailles. Il ne faisait aucun doute qu'il s'agissait d'un dur. Mais cela n'inquiéta pas outre mesure Subaï. Il avait reconnu en lui un « petit » dur, un homme frustré par sa petite taille et qui aimait passer sa grogne sur plus petit encore que lui-même. Lorsqu'il avait vu Subaï, qui, à ses yeux, ne pouvait être qu'un minable serviteur, il avait trouvé l'occasion trop belle pour ne pas en profiter. Et maintenant que le garçon lui avait répondu au lieu de s'écraser, comme l'aurait fait n'importe qui d'autre, il se réjouissait à l'avance de la correction qu'il allait lui administrer.

– Tu n'as pas la langue dans ta poche, toi, à ce que je vois. Très bien, je crois que tu as bien mérité ce qui va suivre.

L'homme se rua sur lui. Subaï attendit la dernière seconde pour réagir, étudiant attentivement chacun des mouvements de son adversaire. Lorsque celui-ci voulut le saisir, il exécuta une feinte rapide sur la droite en se jetant par terre. Il roula sur lui-même, se releva derrière le gaillard et lui envoya un grand coup de pied dans les fesses, pour le plus grand plaisir des autres qui éclatèrent de rire.

Le petit soldat se retourna, le visage, violet comme une aubergine, marqué par la colère et l'humiliation. De nouveau, il voulut mettre la main au collet de Subaï. Ce dernier s'esquiva cette fois avec une telle précision qu'il se permit même de faire un croc-en-jambe à l'autre qui tomba sur le nez. L'homme se releva, mais s'effondra aussitôt. Il gisait par terre, sans connaissance. À quelques mètres derrière lui se tenait Subaï en position d'attaque, sa fronde à la main. Il venait d'envoyer une pierre derrière la tête de son assaillant. Les autres demeurèrent figés.

– Sachez, messieurs, que personne ne s'en prend à Subaï de Karakorum sans devoir en payer le prix. Peu importe celui qui osera se lever, je le terrasserai en moins de deux !

Le garçon poussa l'arrogance jusqu'à faire sauter dans sa main la petite bourse que son assaillant portait à la taille et qu'il lui avait subtilisée dans une de ses roulades. Tous les hommes se levèrent en même temps avec la ferme intention de se jeter sur lui.

Subaï s'enfuit au pas de course avec l'agilité de celui qui a passé son enfance à chaparder dans les rues d'une grande ville.

Mais les éclaireurs étaient rapides. Il lui fallut de longues minutes pour les semer. Il courait encore fier d'avoir berné ces imbéciles, lorsqu'il sentit une présence étrange.

– Mais qu'est-ce qui m'arrive? dit-il à haute voix, une main sur le ventre.

Jamais il ne s'était senti aussi mal depuis ce jour où, dans les montagnes du Pamir, le singe Goubà l'avait mordu pour lui voler son âme. Il leva les yeux pour voir s'avancer une forme noire. Elle était accompagnée de soldats armés. La vision de Subaï s'embrouilla; un vertige puissant lui fit tourner la tête. Dans un élan désespéré, il sauta dans un tas de foin que broutaient des chevaux. Il s'y enfonça comme un rat des champs, puis demeura immobile.

Il entendit les pas des soldats qui marchaient près de lui. Ils s'arrêtèrent subitement. Un long silence angoissant suivit. Subaï sentit le souffle de plusieurs chevaux en train de manger le foin, ce qui risquait de révéler sa présence.

– Quelque chose ne va pas, ô grand chaman? fit une voix craintive.

Celui que l'on appelait ainsi ne répondit pas. Mais Subaï sentait tout autour une présence. Son aisselle gauche se mit à lui faire atrocement mal. Il aurait voulu hurler de douleur et de peur; cette peur immense qui s'emparait parfois de son cœur la nuit et qui lui rappelait l'affreux cauchemar que lui avait fait vivre Goubà.

Le malaise s'estompa peu à peu, puis disparut complètement. Les hommes s'étaient remis au pas. Subaï sortit du tas de foin et s'avança sur le chemin boueux, à quatre pattes, pour observer les soldats qui s'éloignaient en escortant le mystérieux chaman qu'il avait vu dans le défilé. Ils se dirigeaient vers la grande yourte sur la colline, celle où il croyait trouver Kian'jan.

\*\*\*

Le chaman fut introduit dans la grande yourte. Kian'jan y était, en compagnie de quelques officiers, dont le sergent Khunje. Ils étudiaient des cartes dessinées grossièrement, ramenées des avant-postes par quelques éclaireurs. Elles étaient posées sur une grande table de bois.

– De toute évidence, dit Khunje à Kian'jan, le doigt pointé sur une carte, il y a quelques brèches à exploiter entre Heisui et Ganzhou. Nous pourrions y installer le gros de nos forces et ensuite foncer sur Eriqaya.

– On se demande pourquoi, fit laconiquement Kian'jan.

– Vous croyez que les Tangut cherchent à nous envoyer délibérément dans un guet-apens?

Kian'jan répondit par un haussement d'épaules. La conversation s'arrêta là. Quand le chaman noir entra dans la yourte, tous les officiers se turent pour regarder cet être inquiétant dont on ne voyait jamais le visage et dont on ignorait même le nom et la provenance. Aussi furent-ils soulagés lorsque Kian'jan leur fit signe de sortir. Ils obtempérèrent avec empressement. Khunje fut le dernier à quitter les lieux. Il fit mine de vouloir rester, mais une force hors de son contrôle le poussa à l'extérieur, comme si une main invisible s'était placée contre son dos. La porte se referma.

Dötchi enleva son capuchon, révélant son hideux visage. Quelques cheveux restèrent collés sur sa figure. Il les arracha.

– Bientôt, lança-t-il en riant, je serai aussi chauve qu'un éléphant!

Il rigola encore de sa voix affreuse, puis s'assit sur un grand tapis au centre de la yourte. Le Tangut prit place devant lui. Le fils de Gengis Khān souriait. Il avait sur les genoux un sac de cuir. Il l'ouvrit lentement et en sortit la tête d'un homme. Kian'jan sourcilla un peu en reconnaissant l'un des siens.

– Ce cadeau m'a été envoyé du royaume tangut. Cette tête appartenait à un émissaire qui transportait une lettre officielle destinée à Gengis Khān. Quelqu'un à la cour de Shenzong ne voulait pas que cet émissaire réussît sa mission.

Kian'jan demeurait toujours impassible, contemplant la tête posée à ses pieds. Le messager décapité semblait le regarder à travers ses paupières entrouvertes.

– Il apportait un message de paix et de soumission de la part du roi Shenzong. Celui-ci demandait pardon pour ses erreurs passées et cherchait un moyen de se racheter. Il offrait une part importante de son économie, comme tu pourras le constater.

En lisant le document, Kian'jan comprit que, pour éviter le courroux de Gengis Khān, Shenzong promettait d'offrir non seulement une grande partie du bétail qui broutait au nord de la plaine de Sichuan, mais également sa participation à la guerre que l'empereur mongol préparait dans le but d'annexer le royaume Jin. Le khān voulait soumettre définitivement Pékin, et les Tangut lui offraient tout leur soutien.

– Vous allez le faire porter à votre père?

– Non, répondit sèchement Dötchi. Mon père ne verra pas ce message de paix. Il vieillit et commence à s'intéresser un peu trop aux arts et à la culture. Les Mongols ne sont pas des fillettes, ils doivent demeurer des guerriers. Si Gengis Khān venait à être tenté par cette paix, cela compromettrait nos intérêts communs, n'est-ce pas, cher associé? Je propose donc que tu ailles à Eriqaya porter ce message, ajouta-t-il en donnant à Kian'jan un parchemin qui portait le sceau impérial.

– Qu'est-ce que c'est?

– C'est un message de paix de la part de Gengis Khān, répondit Dötchi avec des yeux noirs. Tu es Tangut, et Shenzong appréciera ce geste de l'empereur. Et surtout, il ne se méfiera pas de toi…

Dötchi remit à Kian'jan un couteau dans un étui de cuir lacé. Celui-ci le soupesa un instant, puis sortit un bout de la lame. Il vit qu'elle était recouverte d'une couche de sable cristallisé par le feu et qu'elle portait quelques traces de sang figé et noirci en certains endroits.

– Si j'étais toi, je m'abstiendrais de toucher cette lame. Elle est maudite et son poison est virulent. Il provoque la mort instantanée de celui qui en est transpercé. Lorsque Shenzong…

Dötchi se tut. Il se leva, vif comme l'éclair, et sortit une longue épée d'un fourreau caché sous sa robe. Il se précipita au fond de la yourte et trancha la toile de feutre avec une violence inouïe, ouvrant une brèche de plus de un mètre. Le vent du soir s'engouffra dans la tente et fit vaciller la lumière des lampes.

Kian'jan s'approcha et regarda par la brèche. Le successeur de Tarèk ne bougeait plus. Son épée demeurait enfoncée profondément dans le sable devant lui. À l'horizon, il ne restait plus qu'une petite lumière orangée, le soleil s'étant couché depuis un moment déjà. Le ciel était d'un bleu profond, indigo, et les étoiles brillaient intensément. Dötchi humait l'air comme un chien.

– Il nous écoutait. C'est la deuxième fois que je sens sa présence ce soir.

– Quelle présence ?

– Celle du sbire d'un être puissant qui veut compromettre nos plans. Il marche dans nos pas comme un chasseur qui traque sa proie. Il est là-bas dans la montagne et il nous observe.

– C'est un Tangut ?

– Non, dit Dötchi en tournant la tête et en enfonçant ses yeux noirs dans ceux de Kian'jan.

Il arracha son épée du sable et en renifla la lame en grognant comme un animal.

– Il faudra être très prudent si tu veux mener à bien ta mission. N'oublie jamais ce qui brûle au fond de ton cœur.

– Je ne l'oublie pas, répondit Kian'jan. Je ne l'oublierai jamais. Mais c'est un plan sans issue pour moi. Une fois ma sombre tâche accomplie, je serai aussitôt exécuté par les gardes du roi.

– Ceux qui nous ont fait parvenir cette tête ont tout intérêt à ce que l'«assassin» envoyé par Gengis Khān ne soit pas capturé. Une fois que ce sera fait, ils se révéleront à toi et couvriront ta fuite.

\*\*\*

C'était la troisième fois, ce soir-là, que Hisham et Darhan devaient se déplacer pour éviter une patrouille. Ils avaient failli se faire surprendre par-derrière, la fois précédente. Heureusement, ces hommes étaient plus occupés à discuter qu'à bien faire leur travail; ils étaient passés à moins de deux mètre des deux amis, sans même les apercevoir.

Soulagés, ces derniers avaient battu en retraite, s'éloignant encore, par-delà le sommet de la montagne, pour se réfugier sur l'autre versant, là où le vent soufflait fort. Et, déjà, ils pouvaient distinguer une patrouille de cinq hommes qui se dirigeait vers eux.

– Si nous allons encore plus bas, dit Hisham, nous serons dans une mauvaise posture. Je pense qu'il vaut mieux retrouver les chevaux. J'espère qu'une patrouille ne leur est pas tombée dessus. Ça pullule, cette nuit !

– Si nous reculons encore, nous mettrons la vie de Subaï en danger… C'est la nuit. On n'y voit pratiquement rien.

– C'est vrai, répondit le Perse en agitant sa main dans l'obscurité.

– Cette patrouille qui vient vers nous pourrait certainement se perdre et ne jamais retrouver son chemin.

– En effet ! s'exclama Hihsam en faisant un immense sourire. Je dirai même que ces hommes sont perdus d'avance.

Alors qu'ils cheminaient sur la pente descendante, les cinq hommes qui formaient la patrouille virent sortir de derrière un rocher une bête énorme. Elle les chargea furieusement. Ils saisirent leurs sabres et leurs lances, mais en vain : ils furent tous violemment renversés. Il leur fallut un moment pour comprendre que ce qui venait de les bousculer ainsi n'était pas un ours ni même cheval en furie, mais bien un géant qui hurlait :

– *Allahou ak-bar !*

Incapables de reformer les rangs, les soldats choisirent la fuite. Trois d'entre eux furent saisis à bras-le-corps par le colosse qui entreprit de les étouffer en leur faisant la prise de l'ours.

Les deux autres commencèrent leur ascension pour retourner au camp et donner l'alerte. Mais un pied surgi de nulle part frappa l'un d'eux en plein visage. L'homme s'effondra et roula sur la pente, sans connaissance. L'autre dégaina son épée, désespéré. Mais son assaillant était si rapide et exécutait des mouvements d'une telle précision qu'il fut facilement désarmé puis renversé sur le sol.

– Ne bouge surtout pas si tu tiens à la vie, lui conseilla Darhan en lui mettant sa botte en travers de la gorge. Hisham! cria-t-il à son compagnon, toujours aux prises avec les trois gaillards qui s'étouffaient, les yeux sortis de la tête. J'ai besoin d'aide!

– Entendu, commandant! Ça ne sera pas très long. Il y en a un qui est plus entêté que les autres et qui refuse de s'endormir.

Les bras immenses de Hisham étaient recouverts d'une multitude de veines gonflées qui irriguaient généreusement de sang cette masse musculaire prodigieuse. Très vite, Hisham eut raison du troisième larron. Le Perse s'approcha et assomma le cinquième homme de la patrouille retenu par le pied de Darhan.

– Merci!

– Ben… ce n'est rien, dit Hisham. Il fallait seulement frapper la tête.

– Oui, mais je n'aime pas ça.

Le gros homme rit un bon coup. Ils ligo-
tèrent les gardes de la patrouille les uns aux
autres, puis leur enfoncèrent des morceaux
de tissu dans la bouche. Les deux amis, fiers
et heureux comme des gamins qui viennent
de faire un mauvais coup, grimpèrent au pas
de course sur la montagne pour reprendre
leur position initiale, qui surplombait le
camp des éclaireurs.

– Qu'est-ce qu'il fait, Subaï ? demanda
Hisham au bout d'un long moment.

– Mais je suis là ! fit une voix derrière eux.

Le petit voleur de Karakorum, assis sur
une pierre, plus haut, les observait en mâchant
une autre racine au goût de réglisse.

– Si tu penses que tu es discret sur cette
montagne, tu te trompes, gros éléphant.

– Espèce de petite fripouille !

Hisham s'élança vers lui pour le saisir par
le collet, mais Darhan le retint par la ceinture,
pour le plus grand bonheur de Subaï qui se
mit à rigoler. Celui-ci sortit une pipe de sa
poche et craqua une de ces grosses allumettes
chinoises faites d'un bâtonnet de pin recouvert de soufre. Il prit quelques bouffées en
affichant un air satisfait.

– Où est-ce que tu as eu ça, petite crapule ?

– J'ai fait les poches d'un soldat, dit Subaï en riant, puis en s'étouffant avec la fumée.

– Hé ! qu'est-ce que vous faites là ?! hurla une voix dans la nuit.

– Bon, c'est malin ! grogna Darhan. On nous a repérés à cause de vos pitreries.

En effet, l'allumette craquée par Subaï avait été visible dans la nuit à des kilomètres à la ronde. Plusieurs patrouilles venaient maintenant dans leur direction. Les trois compagnons pouvaient voir de nombreuses torches qui se déplaçaient depuis les flancs de la montagne.

Ils s'enfuirent à toute vitesse. Ils coururent pendant près de quinze minutes. Ils s'orientaient difficilement dans le noir. Lorsqu'ils retrouvèrent l'endroit où ils avaient laissé les chevaux, ils purent voir une vingtaine de points lumineux qui se dirigeaient vers eux.

– Ils ne sont pas faciles à semer, ces gars-là ! s'exclama Hisham.

– Ce sont les meilleurs éclaireurs de Mongolie, rappela Darhan.

– Tu crois qu'ils peuvent perdre une proie ?

– C'est ce que nous verrons !

Ils lancèrent leurs chevaux au galop et purent enfin distancer leurs poursuivants.

*\*\**

Après deux heures de chevauchée vers le nord, ils aboutirent dans une série de vallons rocheux qui semblait s'étirer à l'infini, formant ainsi un long labyrinthe. De grands pics semblables à des aiguilles géantes s'élevaient vers le ciel. Ils s'installèrent près d'une immense paroi qui formait un mur de près de vingt mètres de haut. Tout n'était que pierres et rochers.

– Les chevaux sont assoiffés, dit Hisham en s'assoyant, et moi aussi. On n'a presque plus d'eau dans les outres.

– Demain, quand la troupe de Kian'jan se sera mise en marche, nous pourrons faire boire les chevaux à l'oasis, répondit Darhan en s'allongeant par terre.

Ils demeurèrent ainsi sans bouger, dans un silence uniquement interrompu par le hurlement des dholes. La nuit était très avancée et la fatigue se faisait lourdement sentir. Subaï raconta ce qu'il avait entendu près de la grande yourte, comment il avait dû se glisser dans la boue, de même que sa fuite précipitée après que l'épée du chaman eut failli le découper en deux.

– Il m'a manqué de peu. J'ai entendu la toile se fendre et j'ai bondi vers l'arrière. Heureusement, j'ai roulé en bas de la colline. Étendu sur le dos, dans le noir, je pouvais voir son visage monstrueux. Il reniflait comme une bête. C'est là que Kian'jan est apparu, mais je me suis enfui, de peur d'être repéré.

Subaï cessa de parler. Darhan resta songeur et Hisham parut infiniment triste. Ils s'endormirent tous les trois d'un sommeil profond mais agité.

Ce fut Darhan qui s'éveilla le premier. Le jour n'était pas tout à fait levé et les étoiles brillaient encore. Une sensation étrange l'envahit. Il se sentait animé d'un désir plus fort que tout. Il se leva et entreprit l'escalade de la grande paroi de pierre. L'ascension fut aisée. La roche était parsemée de grandes entailles et de stries profondes. En s'accrochant avec ses mains et avec ses pieds, il parvint au sommet de la muraille naturelle. Une vue spectaculaire sur toute la région faite de pics rocheux, lesquels prenaient des couleurs splendides à mesure que le soleil se levait à l'est, s'offrit à à lui. À l'ouest, cinq étoiles brillaient intensément, alignées dans une position particulière. Le jeune berger éprouva une sensation de bonheur intense.

« Encore un présage des étoiles ? pensa-t-il. Alors, nous serons tous heureux, c'est sûr. »

Le hennissement des chevaux lui fit reprendre ses esprits, et il redescendit aussi rapidement que possible. Il trouva Hisham et Subaï qui calmaient les bêtes.

– Que s'est-il passé ?

– De sales dholes ont voulu s'en prendre à nos montures, dit Subaï.

Ces chiens sauvages au pelage roux se déplaçaient en meutes considérables et pouvaient devenir très dangereux lorsqu'ils étaient affamés. Au fur et à mesure que les hommes s'appropriaient l'immense territoire asiatique, les grands troupeaux sauvages de ruminants disparaissaient lentement, ce qui poussait les dholes à attaquer les élevages des humains, et même les chevaux des voyageurs.

Après être retournés à l'endroit où Darhan, Hisham et Subaï s'étaient trouvés la veille, sur le flanc de la montagne qui dominait l'oasis, ils purent observer pendant une partie de la matinée les éclaireurs qui démontaient le campement et reprenaient la route.

– Alors, quel est notre plan, commandant ? demanda Hisham.

– Il faut absolument parler à Kian'jan pour le convaincre de renoncer à cette folie. De toute évidence, Dötchi veut faire assassiner Shenzong.

– Pourquoi Kian'jan voudrait-il assassiner son propre roi ? dit Subaï.

– Il est possédé par le mauvais esprit. Mais tu l'as bien connu, toi, non? Tu sais exactement de quoi je parle.

Subaï devint pâle et acquiesça de la tête sans dire un mot. La douleur à l'aisselle l'assaillit de nouveau, cette fois d'une manière aiguë.

Au milieu de la journée, il n'y avait plus personne près de l'oasis. Il ne restait qu'un espace immense, piétiné par des milliers d'hommes et par leurs chevaux. Darhan, Hisham et Subaï descendirent pour faire boire leurs montures, les laisser brouter l'herbe qui poussait le long du cours d'eau, et remplir leurs outres. Ils ne se doutaient pas que, plus loin au sud, sur une haute colline, deux êtres assis sur leurs chevaux les observaient en ruminant des idées noires.

– C'est bien ce que je pensais, fit Dötchi. Darhan, le fils de Sargö, est bel et bien sur nos pas. Nous avons manqué notre premier rendez-vous avec l'Histoire, ce jour-là, dans la tour de Zohar, à cause de lui. Nous avons voulu en faire notre esclave et il s'est libéré de notre emprise. Nous ne manquerons pas notre deuxième rendez-vous. Cette fois-ci, nous serons sans pitié et nous le tuerons.

Kian'jan regardait ses vieux amis, plus bas dans la vallée, sans ressentir aucune émotion.

Il les reconnaissait, certes, et pouvait se remémorer chacun des moments passés en leur compagnie, mais il ne se sentait attaché à eux par aucun sentiment d'amitié. Comme si le fait qu'ils vivent ou qu'ils meurent lui était complètement indifférent.

– J'imagine qu'ils aimeraient bien m'approcher, dit-il.

– Et alors?

– Alors, il faudra peut-être leur en donner l'occasion.

Dötchi se mit à rire.

# Chapitre 7

… et trahisons

Ögödei était encore une fois en état d'ébriété. Une carafe de vin à la main, il arpentait un immense plancher de marbre chinois qu'il avait fait venir à grands frais de Nanjing, en royaume Song. Il marchait en caressant de la plante de ses pieds nus la surface glacée, une sensation jusque-là inconnue qui le remplissait de joie. Il regardait les grandes colonnes de bois sculpté qui s'élevaient à plus de quinze mètres au-dessus de sa tête. Juchés sur de grands échafaudages, des peintres s'affairaient à appliquer la couleur bleu ciel qu'il avait exigée pour cette partie du palais.

– Pour fabriquer autant de couleur bleue, il faut extraire une quantité phénoménale de lapis-lazuli dont on tire cette teinte. Ça va coûter une fortune, mon seigneur, lui avait répondu un de ses architectes.

– Et alors? s'était écrié Ögödei. Je serai l'homme le plus puissant du monde connu, je fais ce que je veux!

En tournant sur lui-même, le prince regardait la succession d'échafaudagess défilant sur ce ciel bleu qui grandissait chaque jour. Il était aux anges. Il serait le prochain khān et poursuivrait les grandes conquêtes de son père. Il vaincrait les puissants Song. Il ferait tomber Bagdad et soumettrait toute l'Europe.

«Ce palais n'est qu'une étape. Je pillerai tous les trésors des rois chrétiens. Je viderai cette cité de Dieu à Rome, que l'on dit remplie de richesses. Et je ferai construire le plus magnifique bâtiment que l'on ait jamais vu dans l'histoire de l'humanité. Je ferai fondre suffisamment d'or pour en faire recouvrir chaque mur et chaque plancher.»

Le jeune homme prit une grande lampée de vin, puis s'essuya la bouche de façon grossière avec sa manche. Soudain, les pinceaux de tous les peintres s'immobilisèrent. Plus un seul bruit ne se fit entendre.

– Alors quoi, fainéants? C'est déjà l'heure de la pause?

– Qu'il est malheureux pour un père de voir son fils dans un état pareil! fit une voix puissante qui résonna dans le vaste chantier.

Ögödei leva un visage blême vers celui dont la parole résonnait toujours, portée par l'écho dû aux murs de pierre et au plancher de marbre. C'était Gengis Khān, de retour du

Khwarezm. Il portait ses habits de guerre et tenait son casque dans une main, révélant sa chevelure grise.

Deux hommes se tenaient juste derrière lui. Ögödei avait vu ces hommes à maintes reprises au cours de ses campagnes. L'un était vêtu d'une longue robe noir et blanc. Il était chaussé de sandales et avait le crâne rasé. C'était un moine. L'autre portait une robe d'un blanc immaculé. Il avait sur la tête un simple turban. Il ressemblait à ces muezzins qui appellent les fidèles à la prière dans les pays musulmans.

– Je te présente Qi Changchun, un moine taoïste. Et l'ouléma Al-Mahdi. Ils m'accompagnent dans mes voyages pour m'enseigner la culture et les coutumes de ces peuples que nous soumettons dans toute l'Asie.

– Père, je… je ne vous attendais pas.

– Bien sûr que tu ne m'attendais pas. J'ai pris de l'avance sur mon armée afin de pouvoir m'entretenir en paix avec ces messieurs. Mais dis-moi, mon fils, ajouta l'empereur en s'avançant d'un pas lent, dis-moi ce que tu aurais fait, ou n'aurais pas fait, si tu avais su que je viendrais ici en ce jour ?

– Je…

– Tu aurais sans doute évité de te présenter à tes sujets dans une tenue pareille. Tu connais cet arrêté stipulant que tout soldat de mon armée qui est ivre dans l'exercice de ses fonctions est passible de la peine de mort? Tu le savais, ça, non?!

Ögödei lâcha la carafe. Elle se brisa sur le sol et le vin qu'elle contenait se répandit comme du sang.

— Je ne suis pas au travail, balbutia-t-il en regardant d'une manière pathétique ses pieds nus qui trempaient dans le vin.

— Et ce palais que tu fais construire, ce n'est pas du travail, peut-être? Tu dilapides mon trésor pour tes loisirs!

— C'est mon cadeau pour vous, mon père, fit Ögödei en s'inclinant. C'est pour célébrer la gloire de votre empire immortel.

Gengis Khān saisit la mâchoire de son fils et approcha son visage du sien.

— Mon empire immortel, comme tu le dis si bien, a été bâti sur ces mots que tu vas entendre et qui ont guidé chacune de mes conquêtes: «Il faut raser toutes les villes pour que le monde entier redevienne une immense steppe où les mères mongoles allaiteront des enfants libres et heureux.» Est-ce que tu connais ces mots?

— Oui, mon père. Ils sont de vous.

— Alors, qu'est-ce que cette horreur que tu fais construire sur la terre de mes ancêtres?

Quelle est cette âme qui est la tienne et qui cherche à pervertir notre tradition? Tu es corrompu, mon fils!

– Mais que pouvons-nous contre l'avenir?! hurla Ögödei avec rage.

Il retira brusquement la main de son père de son visage. Du feu dans les yeux, il parla avec passion. Un sourire fou illuminait son visage.

– Les Mongols sont un peuple de nomades vivant selon des préceptes d'un autre âge. On ne peut rien contre la civilisation. Viendra un jour où plus un seul animal ne vivra en liberté sur cette terre. Et que feront les mères mongoles lorsque la steppe ne sera plus qu'une immense terre cultivable? Nous sommes condamnés à nous adapter ou à mourir. Voilà ce que m'ont enseigné vos conquêtes!

Gengis Khān afficha un air si affligé qu'Ögödei le lâcha tout naturellement.

– Toutes ces guerres, tous ces amis morts au combat, pour quoi? Pour voir mon propre successeur se ranger du côté de mes ennemis. Toutes ces victoires, toute cette gloire, à quoi bon, si c'est pour la savoir pervertie dans le temps, et comprendre que tout ce que j'ai voulu pour mon peuple ne me survivra pas?

L'empereur se saisit d'un grand bâton appuyé contre une des grandes colonnes.

– Un père doit encore pouvoir corriger son fils.

Ögödei s'agenouilla, résigné. Gengis Khān, mû par une puissante colère, le frappa à répétition en jurant tout haut. Il s'arrêta, à bout de souffle, et jeta le bâton qui roula sur le sol. Il contempla un moment son fils qui gisait par terre, recroquevillé sur lui-même. Son crâne saignait à plusieurs endroits.

– Habille-toi et prépare tes hommes. Vous partez pour Hérat. C'est la deuxième fois que cette ville se révolte. Je veux que tu mettes tout à feu et à sang. Que je n'entende plus jamais parler d'un seul de ses habitants, tu m'as compris ?!

– Oui, père, dit Ögödei, toujours sur le sol, essuyant stoïquement le sang qui lui coulait sur le visage.

– Je veux que chaque part du butin que tu amasseras soit distribuée aux seigneurs et aux généraux qui t'accompagneront, entendu ?

– Oui, père.

– Tu viendras me voir avant de partir. Je campe à quelques kilomètres en aval du fleuve.

Le khān sortit en crachant sur le plancher de marbre. Il fut aussitôt suivi par les deux sages qui l'accompagnaient. Un sergent de la garde d'Ögödei s'avança vers son maître.

– Que faisons-nous maintenant, ô mon seigneur? Dois-je faire sonner le rassemblement?

– Oui, fit Ögödei en se relevant lentement, le visage couvert de sang.

Il était dégrisé et parlait d'une voix calme.

– Mais, pour commencer, je veux que tous ceux qui ont assisté à cette scène soient mis à mort sur-le-champ. Personne en ce monde ne doit avoir été témoin de cette humiliation que vient de subir le futur khān de l'Empire mongol.

Les ouvriers, sur les échafaudages, laissèrent tomber leurs outils et leurs pinceaux et se mirent à se lamenter. Ils furent exécutés froidement, sans aucune forme de procès.

\*\*\*

Ögödei se présenta au campement de son père en fin de journée, vêtu de son armure, prêt au combat. Il avait pris le commandement d'une troupe de cinq cents hommes. Ils allaient rejoindre un *tümen*, soit dix mille hommes stationnés à cinquante kilomètres d'Hérat.

Gengis Khān, comme il l'avait dit, avait fait monter sa yourte en aval du grand fleuve Orkhon. Plus de cinq mille hommes campaient là, prêts à partir pour le royaume tangut. D'importants détachements étaient en chemin sur les routes plus au sud. Au total, plus de cent quatre-vingt mille guerriers participeraient à cette dernière campagne de l'empereur contre ses ennemis tangut.

Le khān était heureux d'avoir retrouvé deux de ses généraux, les plus terribles des conquérants et les plus fidèles de ses amis : Djebe et Subotaï, qui étaient revenus d'une étonnante aventure à l'ouest. Ils avaient traversé l'Azerbaïdjan et la Géorgie, détruisant tout sur leur passage, et ce, jusqu'à la ville de Kiev. Le prince de Kiev avait été enroulé dans un tapis, puis étouffé sous une plateforme où Subotaï et Djebe avaient pris leur repas en contemplant la ville ; une ville magnifique selon leurs dires. Ils avaient rapporté un formidable butin.

L'empereur terminait son repas, seul dans sa grande yourte, lorsqu'on lui annonça l'arrivée de son fils. Il se lava les mains dans un bol d'eau que lui apporta un serviteur, puis se leva.

Il s'avança vers son successeur et le serra chaleureusement dans ses bras. Ögödei demeura de marbre sous l'étreinte de son père.

– Ah ! vois comme tu as fière allure, mon fils ! Tu as pris une bonne raclée et il n'en paraît rien. C'est bel et bien mon sang qui coule dans tes veines.

– Je ne ferai donc pas cette guerre contre les Tangut. Vous me renvoyez dans ce pays misérable.

– Je t'envoie là-bas parce que tu es un spécialiste pour faire tomber les villes fortifiées, et que je ne veux pas perdre de temps inutilement. Tu me rejoindras l'année prochaine. Le siège d'Eriqaya sera probablement très long, et j'aurai besoin de toute ta science. Ton jeune frère, Tului, m'accompagnera.

– Je ferai vite, donc.

– Tu as des nouvelles de ton frère Dötchi?

– Oui, dit Ögödei, toujours impassible. Elles sont mauvaises.

– Comment ça, mauvaises?

– J'ai reçu une missive, il y a une semaine… Je suis désolé de vous l'apprendre, mais Dötchi est mort.

Ögödei tendit à son père une lettre dont le sceau était brisé; c'était bien le sceau officiel de son fils aîné. Gengis Khān lut attentivement, puis se passa une main sur le visage en soupirant longuement.

– C'est un honneur de mourir au combat. Je suis fier de mon fils.

Le khān s'assit en s'aidant d'une main qu'il appuya sur la table. Son dos, qui avait toujours été bien droit, se courbait maintenant vers l'avant. À plus de soixante ans, le grand homme commençait à ressembler à un vieillard. Un serviteur s'approcha avec un peu d'eau. Il l'écarta d'un geste de la main. En levant la tête, il s'aperçut qu'Ögödei était parti sans même le saluer.

\*\*\*

Darhan, Hisham et Subaï suivirent l'armée des éclaireurs pendant une semaine sur l'interminable route du désert de Gobi. Ils avançaient en silence, perdus dans leurs pensées toujours un peu somnolents à cause du balancement régulier des chevaux. S'ils parlaient un peu, c'était pour montrer un coin de paysage qui attirait leur attention, un arbre étrange qui semblait sorti de nulle part, ou encore un grand oiseau dans le ciel.

Subaï rapiéçait une de ses bottes avec une lanière de cuir.

– Elle ne sera pas confortable, cette botte, dit Hisham.

– Qu'est-ce que tu veux que je fasse? T'as vu un cordonnier dans ce désert pourri?

Ils pistaient les éclaireurs en restant à une distance respectable de plus d'une journée. Alertés par l'altercation survenue entre les trois compagnons et la patrouille de soldats, les éclaireurs envoyaient régulièrement des cavaliers en reconnaissance sur les ordres de Kian'jan. Chaque fois qu'un nuage de poussière apparaissait à l'horizon, les trois compagnons devaient s'éloigner, ce qui les retardait de plus en plus, jour après jour.

En suivant la route qui serpentait le long d'une série de parois rocheuses, ils furent surpris à la dernière minute par un cavalier qui se dirigeait vers eux à toute vitesse. Il n'y avait pas de retraite possible. Le tintement d'une multitude de clochettes attisa leur curiosité.

– Qu'est-ce que c'est que ça? fit Subaï en tendant l'oreille. Pourquoi un éclaireur se munirait-il d'un tel équipement?

– C'est un cavalier-flèche, répondit Darhan. Il s'en vient par ici.

Ceux que l'on appelait les cavaliers-flèches constituaient un des éléments essentiels de l'armée de Gengis Khān. Ils pouvaient parcourir en moyenne de mille quatre cents à mille huit cents kilomètres par semaine, assurant ainsi la communication dans le vaste empire. Ils avaient priorité sur tous et pouvaient réquisitionner tous les chevaux qu'ils désiraient pour accomplir leur tâche. Leurs montures étaient équipées d'un harnachement pourvu de clochettes qui avertissaient les voyageurs, leur intimant l'ordre de leur céder le passage.

– On le laisse passer? demanda Hisham.

– Nul doute que le cavalier qui file vers Karakorum est porteur d'un message important de la part de Dötchi ou de Kian'jan.

Le cavalier, au détour d'un immense rocher que contournait la route, trouva devant lui trois mercenaires. L'un d'eux pointait une flèche dans sa direction, son arc bandé à l'extrême. Il arrêta sa monture épuisée. À la gueule de celle-ci moussait une écume blanche et épaisse qui tomba sur la route poussiéreuse. Le cavalier leva la main en signe de paix.

– Je suis un envoyé spécial de Sa Majesté l'empereur de Mongolie. Vous avez l'ordre de me laisser passer, sous peine de représailles…

– Ouais, bon, ça va, on la connaît ta chanson, dit Hisham en s'approchant, son sabre à la main. Donne-moi le message.

Le Perse, dressé devant le cavalier-flèche, était aussi gros que sa monture. C'est sans discuter que le cavalier-flèche lui tendit un tube fait de cuir et orné des armoiries du khān.

– Nous te laisserons poursuivre ta route, ne t'en fais pas. Nous voulons seulement savoir ce que tu transportes.

– C'est un crime très grave que vous commettez, messieurs.

– T'inquiète pas pour nous, l'ami, lui lança Hisham en ouvrant le tube et en en sortant le message. Ce n'est pas la première fois qu'on veut notre tête.

Le Perse approcha son visage à quelques centimètres du papier, plissa les yeux et lut la lettre. Il parcourut lentement chaque ligne.

– C'est long, soupira Subaï.

– Qu'est-ce que tu veux, sale peste? Personne ne t'a adressé la parole!

– Et qu'est-ce que ça dit, ce message?

– J'aime mieux laisser le commandant se faire sa propre idée.

– Ha! ha! ha! Gros ignare de Hisham qui ne sait pas lire! Quel attardé!

– Tu sais lire, toi, peut-être?

– Non, mais, moi, je ne fais pas semblant. Tiens! tu me fais penser au vieux tanneur du marché qui se cognait le nez sur tous les murs parce qu'il ne voyait pas clair!

Hisham grogna et remit le message à Darhan. Il le parcourut attentivement. La missive annonçait la dispersion prochaine des éclaireurs sur le territoire tangut. Certains seraient dans la région des villes de Ganzhou et de Suzhou. Kian'jan, lui, se rendrait près de Heisui et camperait à l'est d'un fort tangut juché sur une montagne.

– Eh bien, fit le Perse, qu'est-ce que ça raconte?

– Les éclaireurs se séparent. Kian'jan sera dans la région de Heisui.

– Est-ce que l'endroit précis est indiqué?

– Non, répondit Darhan. Il faudra chercher.

\*\*\*

Ils chevauchèrent quelques jours en territoire tangut, laissant progressivement derrière eux le paysage aride et se réjouissant de retrouver d'abord de l'herbe qui poussait en abondance, puis des arbres et des montagnes verdoyantes de conifères. Ils avançaient lentement, peinant à retenir les chevaux qui voulaient brouter l'herbe fraîche, eux qui avaient dû se contenter pendant plusieurs jours, sur la route du désert, de pousses rêches et d'herbe séchée.

Régulièrement, Darhan descendait de cheval pour examiner le sol. Il observait chaque fois les différentes pistes qu'avaient suivies les éclaireurs; certains filaient vers l'ouest, d'autres se dirigeaient vers l'est ou vers le sud.

– Difficile de savoir qui a pris quelle direction, dit-il en tâtant le sol piétiné.

– Il faut s'en tenir au message du cavalier-flèche, répliqua Hisham. Kian'jan doit être parti vers Heisui.

Ils prirent donc la route de Heisui, qui les menait vers l'ouest.

Ils traversèrent une contrée agricole où hameaux, bourgades et fermes se succédaient. Les champs s'étendaient à perte de vue sur la plaine du Sichuan. Les paysans, inquiets et résignés, regardaient ces cavaliers étrangers fouler leur terre et s'inclinaient à leur passage, en espérant que cette révérence, si futile fût-elle, pourrait leur épargner le courroux des hordes mongoles. Depuis quelques mois, de nombreuses échauffourées avaient lieu partout dans le pays entre de petits groupes armés, espions et éclaireurs, et des soldats de Sa Majesté le roi Shenzong. Des bandits avaient volé et saccagé plusieurs fermes.

La ville de Heisui apparut aux trois compagnons vers la fin d'une journée étonnamment chaude pour la saison. Une pluie fine tombait, et ils étaient trempés. Du haut d'une colline, ils contemplèrent la ville fortifiée qui avait connu à plusieurs reprises, par le passé, la fureur de Gengis Khān. De grands fanions rouges aux armoiries du royaume tangut s'étaient repliés sur eux-mêmes, écrasés par la pluie, donnant l'impression qu'ils se résignaient à la fatalité qui allait frapper de nouveau leurs murailles.

– Pouah ! s'exclama Subaï en tirant sur la crinière mouillée de sa monture. Qu'est-ce qu'il pue, ce cheval ! J'ai jamais senti une chose pareille ! Il serait déjà mort que ça ne m'étonnerait même pas.

– Kian'jan serait donc là, quelque part, à observer la ville en compagnie de ses hommes ? demanda Hisham.

– Oui, répondit Darhan en parcourant attentivement du regard le paysage brumeux de la grande vallée qui s'étendait à leurs pieds.

Une montagne s'élevait à environ cinq kilomètres de la ville. Heisui était encerclée par un réseau complexe de routes, d'habitations et de champs cultivés. Ce réseau couvrait le grand bassin traversé par une rivière aux eaux boueuses. Il y avait plusieurs tours de garde, certaines entourées par des échafaudages, signe que leur construction n'était pas terminée.

– Tu crois, commandant, que Kian'jan pourrait se trouver sur cette montagne ? Ça me semble le point de vue idéal.

– C'est une juste observation, fit Darhan, mais si tu regardes bien, tu verras des drapeaux qui s'élèvent depuis le sommet. Il y a un fort là-haut. Des soldats de Shenzong doivent y être postés. Ils n'auraient certainement pas laissé cet endroit stratégique à l'ennemi.

Ils descendirent de leurs chevaux et s'installèrent dans un petit bois pour le reste de la journée. Ils attendirent la tombée de la nuit pour se glisser en terrain découvert. Au cours d'une brève promenade, Darhan avait transpercé d'une flèche un lièvre. L'animal avait osé sortir la tête d'un bouquet de fougères. Il ne sut jamais ce qui l'avait foudroyé. Ils mangèrent la viande crue, ne pouvant se risquer à allumer un feu qui aurait permis de les faire repérer.

– Nous allons nous séparer, déclara Darhan. Vous irez faire un tour à découvert en marchant à travers les terres et en discutant avec les paysans. Vous apprendrez peut-être quelque chose.

– Pourquoi se séparer? demanda Subaï.

– Je ne peux risquer de me faire voir par les Tangut. J'ai les traits d'un affreux barbare, dit-il en souriant. Hisham est Perse et, toi, tu as les cheveux jaunes…

– On dit «blonds».

– D'accord… les cheveux blonds. Vous pouvez facilement passer pour des étrangers, des vagabonds ou je ne sais quoi. Moi, je vais faire le tour par l'extérieur des terres et aller voir du côté de cette montagne.

– On va trouver Kian'jan, tu crois?

– Je n'en ai aucune idée. Les éclaireurs sont habiles. Kian'jan est Tangut, ne l'oublions pas. À l'heure qu'il est, il est peut-être déjà au centre de la ville en train de prendre des renseignements.

– On se retrouve où?

– Lorsque vous aurez terminé votre tour de reconnaissance, venez me rejoindre sur le flanc est de la montagne. Je vous y attendrai et, là, nous aviserons.

Sitôt la nuit tombée, ils se dirent au revoir et se firent leurs dernières recommandations. Darhan fila à cheval dans la forêt. Hisham et Subaï prirent la route de la ville. Ils marchaient en tenant leurs montures par la bride, ayant pris soin de se débarrasser des harnachements et des selles mongoles pour effacer toute trace d'appartenance à l'Empire.

\*\*\*

Le roi Shenzong revenait de sa promenade du soir. Après avoir mangé, il aimait bien marcher dans les rues d'Eriqaya avec quelques membres de sa cour. Les courtisans, toujours très élégants dans leur tunique de soie, suivaient le souverain avec un sourire permanent sur le visage. Une vingtaine de gardes royaux portant des habits colorés et de grandes hallebardes recouvertes d'or les escortaient.

Shenzong s'arrêtait parfois en cours de route pour discuter avec un de ses sujets. Des discussions qui, évidemment, se déroulaient à sens unique. Un pauvre commerçant ainsi interpellé par le roi se jeta immédiatement par terre pour se prosterner, le front contre le sol, même s'il était dans l'enclos des cochons.

– Les affaires vont bien, mon ami? demanda le roi.

– Oui, ô mon roi, les affaires sont excellentes!

– Vous êtes heureux de votre condition?

– Oui, ô mon roi! répondit encore le paysan à quatre pattes dans le purin. Chaque jour qu'apporte le soleil nous rappelle la grande chance et l'immense bonheur que nous avons de vivre sous votre conduite éclairée.

– Et… est-ce que vous craignez cette guerre qu'on annonce contre les barbares?

Cette fois, le paysan hésita quelques secondes avant de répondre:

– Nous ne craignons aucune guerre. Peu importe notre ennemi, nous savons que notre roi est le plus fort et que les dieux sont avec lui.

Shenzong rentra très contrarié de sa promenade. L'ambiance, dans la grande capitale du royaume, n'était plus celle qui y régnait auparavant. On sentait les gens nerveux. Les activités commerciales avaient diminué. Même si l'on avait formellement interdit aux résidants de quitter la ville sans autorisation, on rapportait toujours plus de départs; des familles entières profitaient de la nuit pour fuir, espérant échapper à la fureur de Gengis Khān.

Le roi monta l'escalier qui menait jusqu'à la salle royale; près de cinquante marches qui lui en parurent plus de cinq cents. Il se présenta devant sa cour, à bout de souffle. Au centre de la salle, discutant avec quelques seigneurs des provinces, il y avait Asa-Gambu. Il accueillit le roi avec un grand sourire. Il portait un grand casque, orné de deux dragons, avec sur le dessus des plumes de coq noir.

– Qu'est-ce que ce casque, Asa-Gambu? demanda le roi en reprenant son souffle.

– J'ai une excellente nouvelle à vous annoncer, ô Shenzong!

– Tu as donc réussi tes tractations avec les Jin?

– Oui, ô Shenzong, nous avons signé un pacte de défense mutuelle avec le royaume des Jin!

– À voir ce casque prestigieux qu'ils t'ont offert, c'est à croire que tu es déjà passé de leur côté.

Asa-Gambu ignora ce commentaire mesquin du roi, tout occupé qu'il était à mettre à exécution ses nombreuses machinations.

– Nous sommes maintenant fin prêts à recevoir ce barbare et à lui donner la leçon qu'il mérite.

– Si leçon il y a, Asa-Gambu… Ce traité étonnant avec les Jin, nos ennemis de toujours, est une bonne chose pour faire face à notre ennemi commun, j'en conviens, et je te félicite pour ta diplomatie. Mais j'attends toujours des nouvelles de cet émissaire que j'ai envoyé à Karakorum. S'il nous revient avec une réponse favorable de Gengis Khān, nous en serons quittes pour une reddition économiquement coûteuse, mais qui laissera notre pays intact.

– Évidemment, fit Asa-Gambu sur un ton conciliant. Si nous pouvons éviter cette guerre et nous offrir le luxe d'une paix avec les Mongols, je suis d'avis qu'il ne faut pas hésiter. Par ailleurs, nous avons reçu ce matin de Heisui une missive qui vous est adressée.

Shenzong prit la lettre que lui tendait son général. Il en brisa le sceau impérial mongol et la lut attentivement. Puis il releva la tête d'un air satisfait.

– Un groupe de cavaliers se présentera à nos portes au cours des prochains jours. Ils seront en compagnie d'un émissaire envoyé par le khān.

– Voilà qui vous honore, ô Shenzong! dit Asa-Gambu. C'est maintenant à mon tour de m'incliner devant votre diplomatie.

Shenzong s'assit sur son tabouret de bois, en affichant sa grande satisfaction. À l'instar d'Asa-Gambu, sa cour s'inclina devant lui. Si Gengis Khān avait refusé son offre de reddition, il aurait coupé la tête du messager et la lui aurait expédiée avec sa déclaration de guerre, comme avaient coutume de le faire les barbares des steppes. Si l'empereur des Mongols s'était donné la peine d'envoyer une troupe de cavaliers, c'est qu'il considérait favorablement l'offre du roi des Tangut.

Pour la première fois depuis plusieurs mois, le roi se surprit à se détendre. Il se réjouissait d'avoir déjoué Asa-Gambu et ce crapaud de Xianzong. Une paix allait être conclue, et son peuple allait perdurer pour des siècles encore.

\*\*\*

Darhan n'avait pas voulu révéler à Hisham le véritable contenu de la lettre que transportait le cavalier-flèche. Il savait que Kian'jan allait camper sur le flanc est de la montagne du fort tangut, mais il tenait à ce que cette première rencontre se déroule en tête-à-tête. Connaissant le mal qui s'était emparé de l'esprit de Kian'jan, il savait que toute manifestation émotive de la part du Perse risquait d'exciter encore davantage sa nature perverse. Il espérait seulement qu'il n'avait pas commis d'erreur en prenant une telle décision.

Le garçon avait chevauché pendant une bonne partie de la nuit. La pluie n'avait pas cessé un seul instant, rendant le repérage dans l'obscurité particulièrement difficile. Darhan craignait à tout moment de rencontrer une patrouille. Au petit matin, quand se leva timidement la lumière du jour à travers un épais brouillard, il se retrouva au pied de la montagne, à quelques kilomètres de Heisui. Il en fit le tour sur Gekko, ce qui lui prit moins d'une heure. Il vit une route et trois sentiers qui consuisaient vers le sommet. Épuisé, il dénicha une petite grotte, près d'un ruisseau, où il put se détendre et dormir un peu. Pas très loin, Gekko, les pattes dans l'eau, broutait l'herbe verte.

Darhan s'éveilla brusquement de son étrange sommeil. L'humidité et le froid lui rongeaient les os et les articulations. Il avait la nette impression d'avoir fait un cauchemar, mais n'arrivait à se souvenir d'aucun détail. Son cœur battait très fort et il était très anxieux. Le brouillard du matin était toujours présent, se déplaçant comme un épais nuage sur toute la montagne.

Il sortit de la petite grotte pour s'avancer près du ruisseau où se trouvait Gekko. Il entendit des pas. Quelqu'un s'approchait sur le sentier. Il pensa un moment que c'était son cheval, mais reconnut rapidement le pas militaire d'un groupe d'hommes. Le cliquètement du métal lui fit penser à une patrouille de soldats tangut.

Darhan s'éloigna du cours d'eau et remonta la pente. Il put se cacha derrière une souche d'arbre et observa. Il vit quelques silhouettes se déplacer dans le brouillard. Il savait qu'il s'agissait de soldats de l'armée de Shenzong, car il les reconnaissait à la forme des casques qu'ils portaient et à leur démarche très ordonnée. Les guerriers mongols étaient bien organisés, mais ils ne possédaient pas l'art martial des élégants soldats tangut.

Cette patrouille venait du fort sur la montagne. Elle passait ici plusieurs fois par jour, s'assurant que les Mongols n'étaient pas installés aux avant-postes. Une fois qu'elle se fut éloignée et que le bruit des armures se confondit avec ceux de la forêt, Darhan redescendit et entreprit de chercher son cheval. Il voyait bien quelques traces au bord du ruisseau, mais celui-ci, parsemé de galets, rendait le repérage difficile. Finalement, un peu loin en amont, par-delà une petite cascade, il trouva une piste qui le conduisit dans une clairière au sol recouvert d'une herbe longue et grasse. Au beau milieu de celle-ci, Gekko broutait sans se soucier du temps qu'il faisait ni des patrouilles ennemies.

– Te voilà, espèce de gourmand! Depuis qu'on est dans ce pays, tu t'empiffres comme un goinfre. Un peu d'exercice ne te fera pas de tort, l'ami, dit-il en caressant le ventre arrondi du cheval.

Gekko regardait son maître d'un air impassible, mâchant lentement l'herbe qui lui sortait des deux côtés de la gueule. Soudain, ses oreilles se mirent à s'agiter; son œil devint nerveux.

Le jeune berger, qui connaissait bien son cheval, porta la main à son épée et fit un tour sur lui-même. En apparence, il n'y avait rien de menaçant aux alentours. Mais une sensation étrange s'empara de lui lorsqu'il vit, au bout de la clairière, un étroit sentier qui s'enfonçait entre des conifères au tronc noir.

C'étaient des arbres comme il en avait vu tant en Mongolie. Ils étaient imbriqués les uns dans les autres et formaient une muraille opaque qui couvrait le chemin d'une ombre inquiétante. Comme si, là-bas, entre ces arbres, il faisait toujours nuit. Intrigué, Darhan s'avança jusqu'au sentier et le contempla pendant un long moment. Il retourna ensuite vers son cheval, qui était demeuré au même endroit. Le cheval le regarda en remuant ses oreilles. Darhan l'appela en levant la main.

Le cheval dédaigna l'offre de son maître et ne bougea pas.

– Gekko, viens ici.

Le cheval devint encore plus nerveux, se déplaça de gauche à droite et émit un puissant hennissement. Impatient, Darhan alla le chercher par la bride et le força à le suivre.

– Qu'est-ce qui te prend? Tu as senti quelque chose, c'est ça? Peu importe ce qu'il y a là-bas, je m'en occupe.

Peu rassuré, Gekko suivit son maître à contrecœur, donnant parfois des coups sur la bride que ce dernier tenait fermement.

***

Darhan avançait dans la sombre forêt en suivant la piste qui serpentait à travers les arbres austères. Pratiquement aucune lumière ne parvenait jusqu'à eux; les branches s'entortillaient les unes autour des autres en montant vers le ciel. L'eau qui coulait du feuillage touffu trempait les vêtements du garçon et s'infiltrait jusqu'à l'intérieur de ses bottes.

Le sentier était difficile à suivre, se perdant parfois dans les buissons de ronces, ce qui les força à rebrousser chemin à plusieurs reprises. C'est en cherchant une nouvelle fois leur route que Darhan aperçut, au loin, une trouée entre les arbres. Il guida son cheval à sa suite. Ils se retrouvèrent sur la rive d'un lac aux eaux stagnantes.

Le brouillard se dissipait, laissant apparaître l'autre rive. Le jeune guerrier se retourna pour voir la montagne et le fort tangut surmonté de ses grands fanions rouges.

– Eh bien, dit-il à son cheval en parcourant le paysage du regard, nous sommes bien sur le côté est de la montagne! Si Kian'jan avait l'intention de s'installer par ici, il ne s'est pas trompé. Cet endroit est parfait pour se camoufler et observer. Par contre, il faut faire attention à ne pas se faire repérer de là-haut.

Un bruit attira son attention. C'était un clapotis dans l'eau. Il s'accroupit d'un mouvement vif. Dans le brouillard, une forme humaine se découpait, donnant l'impression d'arpenter l'autre rive du lac. Le manège dura un moment, puis la silhouette disparut. Darhan ragea de n'avoir pu déterminer si c'était un Tangut ou un Mongol. Il voulut en avoir le cœur net et décida de faire le tour du lac.

Il lui fallut peu de temps pour atteindre l'autre côté du plan d'eau. Des traces de pas partaient de la rive et s'enfonçaient dans la forêt, tout près. En les suivant, le garçon se retrouva sur un sentier couvert de fougères qui lui arrivaient au visage. Il laissa son cheval derrière, puis grimpa une pente abrupte pour découvrir, de l'autre côté de la colline, une petite clairière où poussait une herbe abondante. Ce qui l'étonna encore plus, ce fut la yourte qui était dressée en plein centre.

Caché derrière les hautes herbes, Darhan observait la tente en se demandant pourquoi on l'avait montée à cet endroit. Même si celle-ci était recouverte de boue et d'herbe, l'une des nombreuses patrouilles tangut aurait tôt fait de la repérer.

Le craquement d'une branche se fit entendre. Un jeune homme sortit du bois. Portant une armure mongole de cuir rouge et de métal, il marchait lentement, la tête basse. Il s'assit sur le tapis étendu devant la yourte. Alors, il leva la tête et son regard s'enfonça dans les yeux de celui qui l'observait. Darhan se figea complètement, fasciné par son ami, désolé qu'il ait décidé d'emprunter le chemin du mal.

Le jeune Tangut demeurait impassible. Sans quitter Darhan des yeux, il se mit debout sur son tapis, le dos droit, les bras le long du corps. Darhan prit ce geste et cette posture pour une invitation à discuter. Il sortit de sa cachette et s'avança jusqu'à la clairière en écartant les fougères avec ses mains; mais ce fut seulement pour voir Kian'jan entrer à l'intérieur de la yourte.

– À quoi il joue, celui-là? dit-il en s'arrêtant devant la tente.

Celle-ci était couverte d'herbe, que l'on avait collée avec de la boue, afin qu'elle se fonde dans le paysage. Partout, on pouvait voir que le sol avait été piétiné par des chevaux; sans doute ceux des éclaireurs qui étaient partis, mais qui allaient revenir. Par prudence, Darhan sortit son épée en la faisant glisser lentement hors de son fourreau.

– Je sais que tu m'as vu! Tu peux sortir, nous sommes seuls.

Il n'obtint pour toute réponse qu'un long silence, interrompu par le cri strident d'un oiseau de la forêt. Un écureuil passa en sautant agilement de branche en branche. Les arbres étaient gorgés d'humidité. Les gouttes tombaient sur le sol à un rythme régulier, comme s'il pleuvait.

Darhan poussa le rideau de la yourte d'une main en serrant fortement son épée de l'autre.

Il glissa sa tête à l'intérieur. Il y faisait sombre, même si deux torches brûlaient. Au fur et à mesure que ses yeux s'habituaient à l'obscurité ambiante, il vit, assis sur un tapis bleu, Kian'jan, la tête penchée en avant, les coudes appuyés sur les genoux et les mains sur la figure. Il pleurait à chaudes larmes.

# CHAPITRE 8

### Entre le rêve et la réalité

Les soldats tangut qui s'avançaient vers eux en pointant leurs lances effilées firent comprendre à Hisham et à Subaï qu'ils n'étaient pas dans la meilleure des situations. Ils se regardaient tous les deux en cherchant une solution.

Après avoir parcouru, le restant de la nuit, la route qui menait à travers les champs, ils avaient vu une petite agglomération d'une quinzaine de maisons ; une sorte de hameau d'agriculteurs, comme il y en avait tant en périphérie de la ville. Le jour était à peine levé, et le brouillard qui flottait sur le paysage donnait un air sinistre aux vieilles maisons de bois. Quelques vaches les avaient regardés passer en broutant. Un chien était apparu sur la route et avait aboyé.

Un vieux paysan, torse nu, vêtu seulement d'un pantalon de laine grise, était sorti de l'une des maisons qui se trouvaient sur le bord de la route. Il portait deux seaux. En voyant les deux voyageurs, il s'était immobilisé, pieds nus dans la boue et avait déposé ses seaux devant lui. Hisham et Subaï s'étaient avancés vers lui en souriant. Il était retourné à l'intérieur et avait refermé la porte derrière lui

– Eh bien, charmant accueil ! s'était exclamé Subaï. Si tous les paysans des environs sont comme lui, ce n'est pas gagné, notre affaire.

– Il vaut sans doute mieux poursuivre notre route. Ces gens sont pauvres, et les vagabonds sont nombreux depuis quelques mois dans leur pays. Ils ont peur, c'est normal.

– Avec la tête que tu as, aussi…

– Et toi, minus, tu as vu tes cheveux jaunes ?

– On dit « blonds ».

– Et moi, je dis « JAUNES » !

Ils s'étaient tus. Deux vieillards les regardaient par une fenêtre. Mal à l'aise, Hisham et Subaï avaient poursuivi leur chemin vers la ville. Subaï avait fait un croc-en-jambe à Hisham qui lui avait mis son pied au derrière.

\*\*\*

Ils avaient à peine quitté le petit hameau qu'ils virent sur la colline suivante un autre regroupement de maisons, on aurait dit un petit village, composé d'une trentaine d'habitations collées les unes aux autres, ainsi que plusieurs colonnes de fumée qui montaient vers le ciel, signe qu'il y avait de l'activité à cette heure matinale.

– Nous approchons de la ville, dit Subaï avec enthousiasme. On trouvera sûrement à manger. Il y aura du monde, et des voyageurs peut-être !

– Mouais, fit Hisham en caressant sa barbe. Je ne sais plus.

– Ben, voyons ! C'est un village de débiles qu'on vient de quitter. C'est évident.

– Je me demande toujours si c'est une bonne idée, ce voyage de reconnaissance. Et je t'avoue que je ne comprends pas pourquoi Darhan y tenait tellement.

Ils pénétrèrent dans le village sous le regard de quelques curieux qui traînaient là. La rue principale était bordée par des habitations de un étage, parfois deux, avec de petits balcons sur lesquels séchait du linge. Au rez-de-chaussée, il y avait des commerces, qui ouvraient en ce début de journée. On pouvait voir plusieurs tonneliers, ce qui donnait à penser que fabriquer des tonneaux était la spécialité des gens du coin. D'ailleurs, à différents endroits le long de la rue, des tonneaux étaient empilés les uns sur les autres et des charretiers s'affairaient à les charger.

Hisham et Subaï passèrent devant la boutique d'un forgeron qui soufflait sur des braises, se préparant à commencer sa longue et rude journée de travail. Ils virent ensuite une petite bicoque avec de longs appentis qui partaient de la façade pour s'appuyer sur des piliers plantés dans le sol. Un auvent de paille grossièrement posé sur des planches recouvrait quelques tables sur une terrasse de bois. Trois vieux étaient assis là. Ils discutaient en prenant le thé.

Hisham marcha lourdement sur la terrasse, faisant trembler les verres de thé. Il s'avança vers la dame qui se tenait sur le pas de la porte. Un feu était allumé dans un foyer surmonté d'un grillage. On y avait mis quelques plats à mijoter.

La femme semblait d'un âge incertain, plus vieille que jeune, et souffrait d'embonpoint. Sans doute qu'à rouler de la pâte à longueur de journée, la tentation d'y goûter était grande. Son visage rond était très beau, mais gâché par une mauvaise dentition. Son sourire exposait les quelques dents qui lui restaient. Hisham sourit à son tour, comme seul un Perse savait le faire, essayant de calmer les esprits des gens qui voyaient arriver cet imposant guerrier. Plusieurs curieux s'étaient arrêtés dans la rue pour l'observer.

– Bonjour, madame. Mon ami et moi avons très faim, et nous aimerions manger. Si c'est possible…

– J'ai de la soupe, des nouilles et des côtelettes de porc, répondit-elle en leur faisant signe de prendre place à l'une des tables.

Hisham et Subaï se mirent à saliver. Un bol de soupe fut posé devant eux, puis un plat de nouilles, de légumes et de délicieuses côtelettes de porc. Ils mangèrent avec appétit, sous le regard amusé de ceux qui étaient montés sur la terrasse. Il y avait là des hommes et des femmes de tous âges.

Lorsqu'il eut terminé son plat, Subaï s'essuya la bouche avec sa manche.

– Quoi?! Qu'est-ce qu'il y a? Qu'avez-vous à nous regarder comme ça?

Personne ne répondit. Les gens riaient, simplement.

– Ils ne comprennent rien de ce qu'on dit, c'est ça?

– Nous sommes des voyageurs, leur dit Hisham. Nous venons de très loin, de l'ouest. Là où vit un grand roi.

– Vous êtes de grands voyageurs, en effet, déclara un vieillard. Soyez les bienvenus chez nous!

Les deux amis se regardèrent, à la fois surpris et satisfaits. Ils voulurent poursuivre la conversation, mais tout le monde se leva, les salua, puis s'en alla. La dame rentra dans la maison et ferma la porte.

Il restait plus qu'eux, assis devant leurs assiettes vides.

– On a fait quelque chose qu'il ne fallait pas ? demanda Hisham.

– C'est bizarre, lui répondit Subaï.

– Quoi ?

– Tu n'as pas remarqué ?

– Remarqué quoi ?

– Le marteau du forgeron…

– Oui ?

– … on ne l'entend plus…

Sur ces mots, une douzaine de soldats tangut firent irruption de part et d'autre et envahirent la terrasse du restaurant. Ils encerclèrent Hisham et Subaï et pointèrent leurs armes sur eux.

C'étaient des soldats de Heisui. Chacun d'eux portait une tunique rouge et, sur la tête, un casque haut, en métal finement martelé. Les Tangut accordaient une attention toute particulière aux ornements militaires ; sans être trop extravagants, ils étaient plutôt raffinés. Chaque division avait une couleur bien à elle et était dotée d'une parure tout aussi originale. Les guerriers mongols, avec leur armure de fer et de cuir, parfois confectionnée de bric et de broc, devaient effectivement avoir l'air de hordes barbares à leurs yeux.

Les lames, sur ces longues lances que pointaient les Tangut, semblaient être issues du travail d'un orfèvre. Seuls des forgerons d'une grande expertise pouvaient arriver à une telle maîtrise du métal. Et, surtout, elles semblaient plus coupantes que des lames de rasoir, ce qui rendait encore plus nerveux les deux compagnons qui regardaient le cercle des gardes se refermer sur eux.

– Euh… on peut peut-être discuter? proposa Hisham à un homme qui semblait être le chef de cette compagnie.

– Nous avons ordre d'arrêter tous les étrangers et de les exécuter sur-le-champ si nous avons le moindre doute sur leur appartenance à l'ennemi.

– L'ennemi… Quel ennemi?

– Gengis Khān.

– Tu connais ça, toi, Genfizz Canne? demanda le Perse à Subaï.

– Ouais, vaguement. J'en ai entendu parler.

– Ne vous moquez pas de moi! cria le garde pendant que ses hommes serraient encore plus les rangs.

Hisham leva les mains en signe de paix. Il souriait de toutes ses dents.

– Allons, messieurs, nous ne sommes pas vos ennemis. Je suis Hisham le Perse et voici mon ami, Subaï de…

– Subaï de Kiev ! s'écria le petit voleur de Karakorum. Il grimpa sur une chaise et se mit à clamer : Et nous sommes heureux… que dis-je ?… honorés d'être ici, aujourd'hui, parmi vous. Euh… nous avons voyagé depuis de lointaines contrées pour venir vous présenter… un des spectacles les plus formidables, les plus originaux qui soient. À travers toute la Perse, la Transoxiane, depuis le fin fond du Caucase, en passant par les steppes du nord, nous avons triomphé, applaudis par tous, et avons été reçus à la cour des plus grands rois ! C'est avec une profonde humilité que nous sommes aujourd'hui venus chez vous, dans votre royaume, pour vous présenter notre spectacle !

La tension sembla baisser un peu. L'éloquence grotesque de Subaï avait de quoi étonner, et même amuser. Quelques badauds, attirés par les cris du garçon, observaient la scène depuis la rue. La cuisinière regardait par une fenêtre du premier étage de sa vieille maison.

Le jeune capitaine des gardes voyait bien, à leur allure, que les deux individus qu'il venait de mettre en état d'arrestation n'étaient pas de Mongolie. Mais il savait aussi que

Gengis Khān avait conquis de nombreuses terres à l'ouest et qu'au peuple mongol s'étaient ajoutées plusieurs ethnies. Les espions de l'empereur pullulaient dans toutes les villes de son royaume. Chaque village, chaque hameau avait reçu d'étranges visiteurs au cours des deux derniers mois. L'hystérie était à son comble parmi le peuple tangut.

— Et que savez-vous faire de si extraordinaire pour avoir mérité de si grands honneurs? demanda le capitaine avec suspicion.

— Nous sommes des artistes! dit Subaï en sautant sur la table, en faisant quelques pas de danse et en tournant sur lui-même. Et notre numéro le plus extraordinaire est ce numéro inouï qui a époustouflé le grand Mohammed Shah en personne. Un numéro comme vous n'en avez jamais vu de toute votre vie. J'ai le plaisir de vous présenter l'unique, l'incroyable, l'extraordinaire et fantastique, j'ai nommé: Hiiiishhh…

— … Subaï! hurla Hisham en applaudissant très fort.

Le Perse saisit son jeune compagnon par le collet, le souleva de la table et le lança vers le capitaine.

— Eh oui, messieurs, poursuivit-il, ne manquez surtout pas l'exceptionnel Subaï qui va faire tout un numéro, à l'instant même!

Subaï fronça les sourcils et mit ses mains sur ses hanches. Il s'avança vers Hisham, l'air mécontent, et chuchota :

– Mais qu'est-ce que ça veut dire ?

– Ça veut dire que j'en ai marre que tu me fasses passer pour une bête de foire. Chaque fois que nous sommes dans le pétrin, il faut que je lève des chevaux, que je brise des pierres ou que je casse la gueule à six bonshommes. C'est assez ! Tu veux faire le bouffon ? Alors, vas-y, petit malin !

– Mais je ne sais rien faire !

– Ça, ce n'est pas mon problème !

– Mais, Hisham…

– Non !

– Bon, ben, tu l'auras voulu, gros tas !

Subaï s'enfuit au pas de course en se glissant habilement entre les gardes. Hisham se retrouva seul au milieu du groupe de soldats. Ils le regardèrent tout d'abord avec étonnement, puis le menacèrent de leurs armes.

– Petit salaud ! hurla-t-il, tout rouge. Tu vas me payer ça !

Le Perse n'eut droit pour toute réponse qu'à un rire espiègle de Subaï. Les soldats tangut se ruèrent sur lui. D'un geste vif, il frappa la table avec son pied. Sous la puissance de l'impact, celle-ci s'envola et heurta de plein fouet trois gardes qui tombèrent à la renverse.

Hisham courut vers la maison, saisissant au passage une chaise qu'il balança à la figure d'un autre soldat. D'un coup d'épaule, il défonça la porte qui vola en éclats.

On entendit la vieille crier depuis le premier étage. Debout sur le plancher graisseux de la cuisine, Hisham vit les gardes s'engouffrer dans la pièce derrière lui. Il s'élança de nouveau, cette fois dans un escalier, et dégagea son sabre de son fourreau. Il se retourna, les yeux en feu, prêt à combattre ses poursuivants. Deux d'entre eux furent renversés et tombèrent sur leurs confrères.

La force du géant était déconcertante pour ces soldats. À chaque coup de sabre qu'il donnait, leurs armes étaient détournées de près de cent quatre-vingts degrés ; des lances furent brisées en deux.

– Ha ! ha ! s'époumona le colosse. Que pouvez-vous faire, minables nains, contre la puissance de Hisham le Perse ?!

Deux autres gardes essayèrent de monter en pointant leurs lances. Encore une fois, Hisham les tint en échec. Mais il était emporté par une fureur et un enthousiasme tels qu'il heurta le mur de pierre qui longeait l'escalier et y cassa la lame de son sabre. En voyant cela, la troupe reprit courage et fonça sur lui tandis qu'il s'enfuyait à l'étage supérieur.

La vieille dame hurla de peur en voyant le monstre entrer dans sa chambre.

– Va-t'en, espèce de brute! beugla-t-elle. Arrière!

Elle le frappa avec un vieux balai. Il lui arracha des mains.

Hisham se retourna pour affronter les soldats tangut qui fonçaient sur lui. Le manche du balai fut tranché d'un coup d'épée par un homme que le Perse repoussa avec son pied. Voyant qu'il n'avait plus aucune chance, et n'en pouvant plus d'entendre cette vieille crier sans arrêt, il décida d'abandonner la lutte et partit au pas de course vers la fenêtre. Il la franchit d'un bond.

– *Allahou ak-bar*! clama-t-il de toutes ses forces pendant qu'il tombait sur l'auvent de paille qui recouvrait la terrasse du restaurant.

De son poids formidable, il écrasa la faible structure qui s'affaissa sur les soldats demeurés à l'extérieur. Ils furent écrasés sous la charpente.

La foule qui regardait le spectacle s'écarta prestement dans un élan de panique. Sur son cheval au galop, Subaï apparut au bout de la rue.

– Hisham! Hisham! cria-t-il en agitant la main.

Le cheval du Perse suivait, tiré par la bride.

En voyant son compagnon, le colosse se releva et courut sur la structure effondrée. On pouvait entendre les gardes en dessous qui hurlaient. En se précipitant au travers de la foule de paysans, Hisham attrapa au vol la bride de son cheval et sauta sur son dos. L'animal hennit fortement en recevant son lourd cavalier. L'homme poursuivit sa course sous les encouragements de Subaï. En peu de temps, il reprit le contrôle de sa monture.

– Ya! Ya! clama Subaï.

– Ouais! fit Hisham en riant comme un fou.

Ils galopèrent un moment sur la route, puis partirent à travers champs, voulant rejoindre les bois pour s'y terrer le plus rapidement possible.

Peu de temps après qu'ils eurent quitté le village, une troupe de cavaliers tangut se mit à leur poursuite.

***

Darhan demeurait de marbre devant Kian'jan qui pleurait. Quelque chose l'irritait, et il ne savait pas ce que c'était. Il aurait dû éprouver de la compassion pour cet ami en détresse, mais il n'en était rien. Il sentait son cœur plus fermé qu'une huître et il s'en voulait d'éprouver si peu d'empathie, de n'avoir aucune parole de consolation à offrir.

Une odeur étrange et désagréable l'incommodait. Les yeux lui piquaient.

– Kian'jan, dit-il en tendant la main, viens, nous allons sortir d'ici. Il n'est pas trop tard pour revenir en arrière. S'il y a quelqu'un qui sait combien tu souffres en ce moment, c'est bien moi. Je suis passé par là. Subaï est passé par là. Nous sommes là pour toi. Tu peux compter sur nous.

L'odeur devint encore plus forte et oppressante. Darhan se frotta les yeux. Ils étaient rouges et endoloris. À son grand étonnement, il vit une fumée jaune s'élever dans la yourte. Elle semblait provenir du sol. Les pleurs de Kian'jan se muèrent en longs gémissements de douleur provenant d'une âme tourmentée.

– Allons, mon ami, mon frère, il faut sortir d'ici! Ça devient malsain!

C'est avec la plus grande consternation qu'il s'aperçut alors que Kian'jan ne pleurait plus. Le Tangut était agité par des spasmes qui parcouraient tout son corps. Les lamentations avaient cédé la place à un rire mauvais. Un son guttural, surnaturel, sortait maintenant de la gorge de Kian'jan.

Darhan se mit à tousser, étouffé par la fumée qui se faisait de plus en plus dense. La pièce semblait prendre de l'ampleur, comme si la yourte grandissait autour de lui et que les murs et le plafond s'éloignaient dans toutes les directions. Étourdi, le garçon avait du mal à garder son équilibre.

Kian'jan leva la tête pour révéler un visage hideux et difforme, d'une blancheur maladive, parcouru d'horribles veines bleues. Darhan avait en face de lui non pas son ami, mais un être immonde. Il saisit son épée à deux mains, prêt à se défendre, mais sa vision fut embrouillée par les larmes qui coulaient abondamment de ses yeux. Il reconnut alors celui qu'il avait un jour humilié sur un sol détrempé et boueux, devant des milliers d'hommes, celui qui avait attenté à sa vie. Il était assis devant lui : Dötchi, le fils de l'empereur.

– Ha ! ha ! ha ! si tu voyais ta tête ! Tu as vraiment l'air idiot ! Tu ne t'attendais pas à ça, n'est-ce pas ?

– Voilà donc ce que tu es devenu : une créature ignoble au service de Kökötchü…

– Darhan, mon ami, fit Dötchi en prenant un air désolé, ne sois pas si dur avec moi. Tu m'as connu sous de meilleurs jours, c'est vrai, ajouta-t-il en arrachant quelques-uns de ses cheveux et en se passant une main sur le visage.

Il s'éclaffa, puis s'étouffa et cracha devant lui une salive noire qui s'étirait, de sa bouche au tapis, en longs filaments gluants. Il releva la tête en exhibant des yeux de possédé.

– Quel destin pour un fils aîné à qui on a refusé le trône ! Ce jour-là, Gengis Khān a maudit son propre fils ! Le jour est proche où je lui révélerai ce que je suis devenu, et il paiera pour tout ce qu'il m'a fait ! Mais en attendant que se scellent ma destinée et celle de mon père, dis-moi, toi, qui es-tu pour me faire la leçon ? N'es-tu pas la marionnette de cet esprit qui souffle avec le vent ? N'es-tu pas sa chose, celle qu'il manipule selon sa volonté ?

– Je n'appartiens qu'à moi !

– Ha ! fais-moi rire ! Depuis ce jour où ta route a bifurqué pour t'amener loin de ta vie de berger bienheureux, depuis ce jour, ton destin t'a complètement échappé. Les esprits te manipulent à leur guise pour arriver à leurs fins, et tu n'es pas mieux que mort, tout comme moi !

Darhan eut un violent haut-le-cœur. Il vomit sur le sol. Il tenta de reprendre son souffle, mais la fumée le faisait tousser. Il chercha une issue, mais il n'y avait plus autour de lui que l'épaisse exhalaison sulfureuse et, Dötchi qui se levait lentement.

– Qu'est-ce qui se passe, Darhan? fit le prince en marchant à reculons pour ensuite disparaître lentement dans la fumée. Tu n'aimes pas le parfum de ma demeure?

– Cesse tes pitreries, Dötchi! Laisse-moi sortir et libère mon ami!

– Comment oses-tu me donner des ordres? Contrairement à ce que tu crois, Kian'jan n'agit pas sous mon emprise. Il est libre de chacun de ses mouvements, de chacune de ses pensées et actions. À l'heure qu'il est, il fait route pour Eriqaya, porteur d'un message de paix pour le roi Shenzong. Quand il sera devant le souverain, il lui remettra le message de la grâce impériale, tout en accomplissant son funeste destin.

Dötchi disparut complètement dans la fumée. D'un geste désespéré, Darhan s'élança vers lui en brandissant son épée. Il tomba à genoux sur le sol. Il n'y avait plus que le nuage jaunâtre.

– Laisse-moi sortir!

– Tu peux compter là-dessus, ô fils de Sargö! fit la voix tonitruante de Dötchi. Mais lorsque tu quitteras cet endroit, tu ne seras pas moins que mort et ton âme sera condamnée à errer éternellement sur ce bout de terre, perdue à jamais!

Darhan réagit à la vitesse de l'éclair en repoussant une lame qui se dirigeait directement vers sa gorge. Le son de deux objets métalliques s'entrechoquant retentit fortement. Le garçon se retourna pour éviter encore une fois la lame froide et coupante qui émergea du nuage de fumée. Le bruit du métal que l'on frappe se fit entendre de nouveau.

Le berger des steppes était rapide. Il pouvait percevoir les déplacements de Dötchi dans la fumée et ainsi anticiper les coups. Mais ses yeux lui faisaient atrocement mal et il avait de la difficulté à les maintenir ouverts. De plus, il était à bout de souffle. Il savait qu'il ne pourrait résister encore longtemps aux attaques de son adversaire qui, lui, ne semblait nullement incommodé par la fumée. Darhan entendait le prince noir courir autour de lui d'un pas rapide. Chaque fois, il esquivait les coups de plus en plus vigoureux et précis de l'autre. Exténué, Darhan s'écroula sous le rire insolent de Dötchi.

Il avança à quatre pattes et chercha la sortie, mais ne la trouva pas. Il était convaincu qu'il finirait par toucher l'un des murs de feutre de la yourte, mais tout semblait avoir disparu, et il avait l'impression de se déplacer dans un espace infini. Le rire rauque de Dötchi continuait à résonner en un interminable écho.

Le garçon se retourna sur le dos et serra désespérément son épée dans ses mains. Une quinte de toux le terrassa. Devant lui, à quelques mètres à peine, un visage commençait à prendre forme dans la fumée, se transformant très vite en une vision cauchemardesque. C'était le visage d'un homme dont les traits étaient ceux d'un vieillard et ceux d'un enfant à la fois. Darhan comprit qu'il l'avait devant lui, celui qui l'avait possédé un jour sous les traits du chaman Tarèk. C'était bien lui: Kökötchü.

Animé par la peur et la colère, il se leva d'un bond puissant qui le projeta vers le visage maudit. Fou de rage, il trancha la fumée avec son épée en frappant dans toutes les directions. Un cri violent émergea de son ventre et vint éclater au fond de sa gorge.

Lentement, la fumée se dissipa. Le rire de Dötchi résonnait toujours. Mais bientôt, la voix désagréable disparut, elle aussi. Darhan se frotta les yeux chancelait sur ses jambes épuisées. Tout était noir autour de lui, il ne percevait plus aucune lumière. Il était aveugle. Il tomba face contre terre.

\*\*\*

Darhan ouvrit les yeux. Cette fois-ci, il lui fut possible de percevoir de la lumière. Il sentait l'herbe humide sur sa figure. Une pluie fine tombait. L'odeur de soufre était légèrement perceptible dans l'air; cette odeur d'œuf pourri qui donne la nausée. Le garçon se tourna sur le dos pour contempler un ciel étrange, d'un gris brunâtre, uniforme comme une mare d'eau stagnante, sans aucun relief.

Il se releva péniblement. Chacune de ses articulations le faisait atrocement souffrir. Il se déplaça en grimaçant et en boitant, le dos rond. Il se trouvait toujours dans la clairière, mais la yourte avait disparu.

La végétation qui poussait tout autour lui semblait presque irréelle. Il s'approcha des arbres avec la nette impression qu'il pourrait se glisser dedans. Leur écorce était translucide. Il pouvait voir, au travers, les fourmis qui avaient creusé un réseau complexe de tunnels dans le bois mort. Il recula, en proie à un grand désarroi.

Il marcha un moment tel un zombie dans la forêt surnaturelle, tâtant les arbres et les fougères de ses mains, ayant chaque fois l'impression que sa main passait à travers la fibre végétale et que celle-ci heurtait l'intérieur de son corps.

«Gekko! pensa-t-il. Mon cheval.»

Il remonta la colline lentement, à genoux. Ses rotules menaçaient de se déboîter et ses chevilles, de se briser à tout moment.

Gekko était toujours à l'endroit où il l'avait laissé. Il attendait patiemment le retour de son maître en broutant de l'herbe. Darhan s'avança et souleva une main avec difficulté. « Gekko », voulut-il dire. Mais sa gorge lui faisait si mal qu'il ne put parler. Pas un seul son n'en sortit. Darhan s'approcha et toucha son cheval. Il sentait les poils qui semblaient animés d'une vie propre, comme des milliers de petits vers qui grouillaient. Lorsqu'il sentit le cœur de l'animal battre au creux de sa main comme s'il tenait l'organe lui-même, il recula, horrifié.

Gekko continuait de manger. Pas une seconde, il ne sembla voir ni même entendre son maître. Darhan s'adossa à un arbre, mais une sensation déplaisante le fit s'en éloigner. Tout contact avec les choses vivantes qui l'entouraient lui était désagréable et faisait naître en lui peur et angoisse.

– Hum, fit une voix nonchalante, derrière lui. Décidément, tu es fort. Le poison aurait dû te tuer.

Dötchi était appuyé contre un arbre. Il arracha l'écorce en glissant un doigt sur le tronc. Celle-ci suivit comme si c'était de la graisse recouvrant un bâton. Le démon mit la pâte brune dans sa bouche, puis cracha par terre sa salive noire, laquelle s'accrocha un instant à une fougère en s'étirant d'une manière répugnante avant de tomber sur le sol.

– Sordide, n'est-ce pas? Ignoble et immonde, ajouta-t-il en souriant méchamment et en s'avançant d'un pas lent vers Darhan. Il sortit son épée de sous sa robe. Comment trouves-tu la vie, mon cher ami? Comment trouves-tu le monde en ce moment même? Ce monde que tu peux dorénavant voir avec mes yeux. Que tu peux toucher avec le même dégoût que moi pour la vie.

Dötchi envoya mollement un coup d'épée. Darhan le para péniblement en levant sa propre arme. Elle lui parut d'une lourdeur incroyable. Le fils du khān donna un autre coup tout aussi faible, que le jeune guerrier contra à peine en voyant son épée s'écraser sur le sol.

– Pitoyable, vraiment, dit Dötchi d'un air navré. Ce sera plus facile que je ne le croyais.

Il asséna deux coups à son adversaire, un à la hanche et l'autre à la poitrine. C'étaient des coups faibles, nullement destinés à blesser Darhan, seulement à le narguer.

Le garçon descendit la pente qui menait jusqu'au lac, au pied de la montagne du fort tangut, en reculant. Il sentait l'eau envahir ses bottes au fur et à mesure qu'il s'enfonçait parmi les roseaux qui bordaient la rive. Dötchi jeta son arme et s'élança vers lui. Le garçon leva son épée. Son adversaire para aisément le coup en saisissant la lame d'une main et en empoignant sa gorge de l'autre.

– Beaucoup trop facile, dit Dötchi de sa voix sourde. J'aurai l'occasion de te faire disparaître définitivement de ce monde avec mes propres mains.

Il renversa Darhan qui tomba lourdement sur le dos et s'enfonça dans l'eau.

Le jeune guerrier se sentit immédiatement soulagé au contact de l'eau, comme si ses membres endoloris reprenaient force et vigueur au contact du liquide froid. Il se détendit, puis une sensation extraordinaire l'envahit, lui donnant l'impression de se disperser de tous côtés. Il se mit à nager à toute vitesse dans le lac.

*** 

Dötchi, serrant le cou de Darhan d'une main et appuyant la lame de son épée contre sa poitrine, savourait déjà sa victoire. Mais, à son grand désarroi, sitôt que le corps de Darhan s'enfonça dans l'eau, il lui glissa des mains. C'était non plus le corps d'un jeune homme qu'il avait à ses pieds dans le lac, mais bien un banc d'une centaine de poissons qui se mirent à nager dans toutes les directions.

– Mais quel est ce sortilège? hurla Dötchi en essayant tant bien que mal de saisir l'un des poissons, les deux mains enfoncées dans l'eau jusqu'aux coudes.

Il réussit à en attraper un et le mit dans sa bouche, mais les autres disparurent rapidement dans les eaux noires.

Devant lui, de l'autre côté du lac, il vit une patrouille de soldats tangut qui sortait du bois. Il s'accroupit prudemment entre les roseaux, puis disparut en rampant comme un serpent.

# CHAPITRE 9

## Un funeste destin

– Bon, qu'est-ce qu'on fait maintenant? lança Subaï.

– Il faut faire le tour de la montagne, dit Hisham, il n'y a pas d'autre solution. Darhan a dit qu'il nous attendrait sur le flanc est.

La journée s'écoulait lentement sous ce ciel gris, et les ondées se déclenchaient sur la campagne. Les deux compagnons, après avoir échappé à leurs poursuivants en se faufilant entre champs et forêts, s'étaient retrouvés comme prévu au pied de la montagne du fort tangut. Celui-ci, avec ses tours de pierre, reposait d'une manière sinistre sur le sommet, tel un œil inquisiteur observant tout ce qui se passait à des kilomètres à la ronde.

Hisham et Subaï, toujours à cheval, empruntèrent un petit sentier escarpé et s'enfoncèrent dans la forêt dense et humide. Après quelques instants seulement, ils furent obligés de marcher, le chemin étant devenu trop difficile pour les chevaux. Ils devaient régulièrement les tirer par la bride pour les inciter à franchir les pierres et les petits cours d'eau qui croisaient leur route.

Ils ne tardèrent pas à se retrouver devant un sentier qui disparaissait dans un bosquet sombre et dense de conifères.

– Tu es sûr que c'est le bon chemin? demanda Subaï. Ça n'a pas l'air gai, par là.

– Si j'avais le soleil pour m'orienter, je pourrais te répondre avec certitude, mais là, avec ces nuages, j'avoue que j'ai des doutes. Mais il me semble que l'est est par là. Et toi, qu'est-ce que t'en penses, p'tit malin?

– Ben… fit le garçon en se retournant vers la montagne, moi aussi, je pense que c'est par là, répondit-il avec dépit.

Ils s'avancèrent donc entre les arbres sinistres, leur corps frôlant les branches rêches. Ils marchèrent pendant un moment, mais durent revenir à plusieurs reprises sur leurs pas avant de voir la lumière au loin annonçant la fin de la forêt. Enthousiastes à l'idée de quitter ce triste endroit, ils s'élancèrent pour se retrouver à terrain découvert, surprenant malgré eux un groupe de Tangut sur la rive d'un grand lac.

Ils étaient cinq, tous arborant l'uniforme des soldats de Shenzong. Ils reconnurent les deux fugitifs, ce qui donnait à penser que la nouvelle de leur fuite était parvenue jusqu'au fort tangut.

– Les voilà! hurla un des soldats pendant que les autres fonçaient sur Hisham et Subaï.

Rapidement, le Perse mit l'un d'eux hors de combat d'un coup de poing bien envoyé. Subaï sortit son couteau et empoigna sa fronde. Ayant brisé son sabre dans la bagarre du restaurant, Hisham devait combattre à mains nues. Mais, face aux lames menaçantes des soldats, ils durent se rendre à l'évidence: toute résistance était inutile. Ils se rendirent en levant les bras.

Les Tangut pressaient leurs lances contre la poitrine du Perse. Hisham dut reculer de quelques pas pour ne pas se faire transpercer. C'est alors qu'un soldat s'effondra, puis un autre. Chacun avait une flèche plantée dans le dos. À quelques mètres, parmi les roseaux qui bordaient la rive, un archer semblait être sorti de nulle part. Ses habits étaient trempés; ses cheveux dégoulinaient d'eau et de vase. L'air redoutable, les dents serrées, il tenait en joue les deux autres soldats. Ils lâchèrent leurs armes pour se rendre à leur tour.

– Darhan! s'exclama Subaï pendant que Hisham désarmait les deux gardes.

Le petit voleur de Karakorum se précipita vers son ami pour l'aider à sortir de la vase.

Darhan était épuisé. Il mit son bras autour de l'épaule de Subaï et le suivit en boitant.

– Mais d'où sors-tu? lui demanda ce dernier. Et… mais qu'est-ce que tu as là?!

Darhan baissa la tête et constata que sa cuisse était marquée par une profonde blessure. Son sang s'écoulait abondamment dans l'eau. Il sourit d'un air idiot en regardant le sang sur sa main qui venait de tâter la blessure.

– J'ai perdu un poisson! dit-il en riant bêtement.

Subaï et Hisham se regardèrent, aussi étonnés que confus.

\*\*\*

Darhan appela son cheval d'un sifflement dont l'écho résonna longuement sur le lac. Hisham et Subaï avaient entrepris de déshabiller les soldats tangut pour leur subtiliser leurs habits.

– Il n'y a pas une minute à perdre! leur avait dit Darhan. Kian'jan est en route pour Eriqaya. Nous devons l'empêcher de commettre l'irréparable.

Gekko se présenta sur la rive orientale en galopant, faisant gicler l'eau autour de lui. Il s'approcha de Darhan qui le caressa, heureux de retrouver son cheval tel qu'il l'avait toujours connu, avec son poil luisant et doux et son odeur agréable.

Darhan, Hisham et Subaï enfilèrent prestement vêtements et armures tangut.

– Ridicule ! s'exclama Subaï.

– Quoi ? fit Darhan.

– Nous sommes ri-di-cu-les !

Subaï était beaucoup trop petit pour les habits des soldats. Les manches de la chemise lui descendaient jusqu'aux genoux, et la robe traînait dans la boue à ses pieds. Hisham s'était retourné pour montrer l'arrière de sa chemise. Elle s'était déchirée lorsqu'il l'avait enfilée. Le casque était posé sur sa tête d'une manière grotesque, trop petit pour s'y enfoncer, et retenu seulement par une lanière de cuir qui disparaissait dans sa barbe.

– J'avoue que nous avons l'air de deux imbéciles, dit le Perse avec sa grosse voix. Il va falloir trouver autre chose.

– Mais non, répliqua Darhan qui ne pouvait s'empêcher de rigoler, je vous trouve très bien !

– C'est ça, oui, poursuivit Subaï, tu peux bien te foutre de nous ! Toi, elle te va bien, cette armure. Moi, quand j'aurai enfilé ça, je ne pourrai plus ni marcher ni m'asseoir. Il faudra me faire traîner par les chevaux.

– De toute façon, vous n'avez pas le choix si nous voulons passer inaperçus pendant que nous chevaucherons jusqu'à Eriqaya.

– Crois-moi, avec un accoutrement pareil, on ne passera pas inaperçus !

Ils attachèrent quelques morceaux de tissu rouge aux selles de leurs chevaux pour les camoufler. Darhan allait mener la chevauchée en tenant un fanion tangut qu'ils avaient trouvé sur le chef des gardes et hissé au bout d'une lance. Hisham avait pris, lui aussi, une de ces magnifiques lances. Ils étaient prêts à partir.

– Nous aurons ce chaman noir, Dötchi, à nos trousses, dit le Perse. Il faudra le semer.

– Dötchi est mort ! s'écria Darhan en regardant les eaux calmes du lac qui reflétaient les nuages.

Un hurlement sourd leur parvint depuis la rive opposée.

Ils détalèrent au grand galop.

\*\*\*

Le roi Shenzong prenait un repas composé de fruits, comme il avait l'habitude de le faire au milieu de la journée. Entre deux bouchées, il buvait une gorgée de thé brûlant. À ses côtés se tenait son dauphin, Xianzong.

Le jeune homme regardait son roi avec agacement. Shenzong aimait prendre son temps pour manger. Il consacrait parfois près d'une heure à son repas, laissant en plan, face à lui, de nombreux conseillers qui attendaient patiemment de l'entretenir de politique, d'art ou d'économie. Xianzong, qui se savait appelé à une grande destinée en tant que futur souverain, trouvait de plus en plus déplacées ces fantaisies de Shenzong.

– Je dois absolument vous informer, ô mon roi, que…

Il fut interrompu immédiatement par Shenzong qui avait levé une main pour le faire taire. Le roi mit un temps interminable à mâcher la cerise qu'il venait de se mettre dans la bouche, puis l'arrosa d'une longue rasade de thé.

– Tu sais que je n'aime pas qu'on interrompe mon repas. Il faut à un homme tout son temps pour se rassasier, et ce, afin d'éviter les maux d'estomac et les maladies. C'est ce que m'a enseigné un vieux médecin… avant de mourir, bien évidemment.

– C'est un sage conseil et de saines habitudes à prendre, ô mon roi ! Mais ce que je dois vous dire, c'est que…

– Je sais que tu sais, dit Shenzong en élevant la voix. Alors, laisse-moi manger !

Sur ces mots, le souverain tangut entreprit de peler une poire sous le regard médusé de Xianzong. Celui-ci, frustré, tourna les talons et se dirigea vers la porte de la grande salle d'audience. Il était sur le point de sortir lorsqu'il entendit quelque chose tomber derrière lui. Il se retourna juste à temps pour voir la poire glisser sur le sol jusqu'à ses pieds.

– Et qu'as-tu à dire de si important à ton roi pour oser te comporter ainsi devant lui?! hurla Shenzong, debout, sa voix résonnant en un long écho.

– Des soldats de la garde royale ont intercepté l'envoyé de Gengis Khān aux portes de la ville. Il détient un message de la plus haute importance pour vous.

Le visage de Shenzong s'illumina. Il s'avança d'un pas rapide et s'adressa à tous ses conseillers et serviteurs.

– Je veux qu'on l'accueille comme s'il s'agissait de l'empereur des Mongols lui-même! Amenez-le aux bains! Lavez-le, parfumez-le et habillez-le avec les habits les plus raffinés qui soient. Je veux qu'on l'enveloppe de soie de la tête aux pieds! Demandez à mon cuisinier de préparer à l'instant le plus grand des festins. Réunissez les courtisans, les musiciens et les danseurs. Ce soir, nous donnerons une grande fête pour célébrer la paix prochaine. Peuple et amis, il n'y aura pas de guerre !

\*\*\*

Darhan, Hisham et Subaï chevauchèrent sans arrêt toute la nuit durant. Ils évitaient villes et villages en les contournant par les champs. Les chevaux étaient épuisés, mais ils les poussaient à fond, sachant que chaque instant était plus que précieux et comptait pour Kian'jan. Au petit matin, cependant, ils durent prendre une pause.

Ils s'arrêtèrent au bord d'un grand fleuve qu'ils avaient aperçu de très loin et qu'ils avaient mis près d'une heure à atteindre. Celui-ci s'étirait longuement en baignant toute la grande plaine du Sichuan, faisant prospérer une quantité infinie d'éleveurs et d'agriculteurs.

– C'est le fleuve Huang he, fit Darhan en mettant pied à terre.

Il descendit jusqu'au fleuve pour se baigner pendant que Subaï et Hisham s'effondraient, épuisés, sur l'herbe, au pied d'un grand arbre centenaire.

Mais leur repos fut de courte durée. Les deux amis furent éveillés brutalement par les coups de pied de Darhan.

– Allez, debout, paresseux !

– Tu ne dors jamais, toi ? se lamenta Subaï.

– Nous nous reposerons une autre fois. L'heure est grave. Il faut partir.

La folle chevauchée reprit de plus belle, menée par Darhan qui tenait bien haut le fanion annonçant leur présence. Ils galopèrent ainsi plusieurs heures, jusqu'à ce que, au milieu de la journée, dans l'horizon lointain, ils voient les murailles de la grande cité tangut, Eriqaya. Celle-ci, sous un ciel nuageux percé de quelques rayons de soleil, ressemblait à un maelström géant avalant le paysage environnant, entourée qu'elle était par une multitude de villages, de hameaux et de champs cultivés à perte de vue.

Ils foncèrent jusqu'aux grandes portes y donnant accès sous le regard médusé des paysans qui voyaient passer en trombe ces trois étranges hommes vêtus des habits militaires du royaume, mais dont l'allure sortait de l'ordinaire. À la porte, plusieurs gardes prirent position, lance en main, les enjoignant de s'arrêter.

– La garde ! cria Darhan. Qu'on m'amène le capitaine de la garde !

– Le capitaine n'est plus là. Il est rentré chez lui. Qui es-tu ?

– Je suis Darhan, fils de Sargö. Un émissaire de Gengis Khān est venu ici aujourd'hui pour apporter un message de paix. Mais c'est une ruse, il est là pour assassiner le roi Shenzong.

– Qu'est-ce que tu racontes? Personne ne va assassiner le roi. Vous êtes cinglés. Arrêtez-les!

Les gardes entourèrent les chevaux des trois compagnons. Darhan bouillait de rage. Gekko tournait sur lui-même, ne sachant plus comment répondre aux ordres contradictoires transmis par les rênes.

– Messieurs, il faut agir immédiatement! Votre roi va tomber dans un piège! Nous devons empêcher le régicide!

Mais les gardes ne l'écoutèrent pas. Ils le sommèrent de se rendre. Tel un fou furieux, Darhan força son cheval à traverser le barrage militaire. Les hommes furent renversés violemment, et Darhan parvint à franchir les portes.

– Alerte! Alerte! hurlait-on depuis les tours de la muraille.

Hisham et Subaï tentèrent de lancer leurs montures à la suite de Darhan. Mais elles étaient tellement effrayées qu'elles se cabrèrent et refusèrent de faire un pas de plus. Les deux amis furent encerclés et durent se résigner, impuissants, à regarder Darhan disparaître dans les rues de la ville, au grand galop, tenant toujours bien haut le fanion tangut.

***

Kian'jan s'avança dans la grande salle d'audience du palais du roi Shenzong. Il était vêtu d'une robe blanche bariolée de bleu et de violet, brodée de fil d'or. Une dizaine de serviteurs marchaient derrière lui en jouant du tambourin, comme si l'on annonçait la venue officielle d'un grand seigneur.

Lorsqu'il s'était présenté aux portes de la ville, plus tôt dans la journée, on l'avait escorté, à sa grande surprise, jusqu'aux bains royaux où l'on pouvait voir de magnifiques baignoires géantes en terre cuite émaillée De somptueuses peintures les ornaient. Elles se trouvaient sur des terrasses de bois noir, sous de grands arbres. Des domestiques avaient lavé Kian'jan, pour ensuite recouvrir son corps d'une poudre blanche et parfumée.

– Mais qu'est-ce que vous faites? avait-il demandé, contrarié d'être ainsi retardé. J'ai un message important à livrer.

– Le roi Shenzong peut attendre, avait répondu l'un des serviteurs en souriant. Il désire que l'on vous traite avec tous les égards possibles.

Quand Kian'jan entra dans la grande salle du palais, Kian'jan fut étonné de voir une bonne cinquantaine de musiciens qui jouaient de façon harmonieuse une musique empreinte de sérénité. Partout, des militaires et des courtisans s'inclinaient en s'écartant pour le laisser passer. Au bout de ce véritable couloir humain, sur une grande estrade, le roi Shenzong était assis fièrement sur son petit tabouret, le dos bien droit, les deux mains appuyées sur ses cuisses. Il était vêtu de sa somptueuse robe bleue. Un grand sourire de satisfaction éclairait son visage.

Kian'jan monta les quelques marches qui menaient jusqu'à lui. Il tenait dans ses mains un grand rouleau de bois fermé aux deux extrémités par des couvercles en or pur gravés du faucon impérial. Il le présenta au roi en inclinant la tête très bas.

– Je me trompe ou tu es de descendance tangut? demanda le roi.

– Vous avez raison, ô grand souverain, je suis né dans le nord du royaume. J'ai perdu ma famille très jeune et j'ai été recruté par les soldats du khān.

– J'apprécie cette délicatesse de Gengis Khān. Il nous envoie un messager de notre sang pour favoriser l'union de nos peuples.

Tout en écoutant le roi, Kian'jan vit, sur sa gauche, dans l'ombre d'une grande colonne, un homme qui portait les habits d'un général. Il avait une stature impressionnante, le teint foncé, une mâchoire large. Il dévisageait le messager depuis un bon moment déjà. Lorsque leurs regards se croisèrent, l'homme hocha légèrement la tête.

– Et que m'apportes-tu? dit souverainement Shenzong, levé de son siège en se tenant debout devant Kian'jan, les bras grands ouverts.

– Je vous apporte ce message de paix de la part de Gengis Khān.

\*\*\*

Darhan traversait la ville d'Eriqaya sous les cris des habitants qui s'écartaient sur son passage. Il fonçait à travers rues et ruelles, se faufilant à une vitesse folle entre les étalages des marchands, les chars et les passants. Il tenait bien haut le fanion rouge et hurlait à tue-tête :

– Place ! Place !

Des dizaines de gardes étaient à ses trousses. Gekko franchissait tous les obstacles, les sautant ou les contournant de son pas alerte et vif.

– Ya! Ya! l'encourageait furieusement Darhan dont l'attention était entièrement absorbée par ce bâtiment immense qui trônait au centre de la cité : le palais de Shenzong.

Sous le regard médusé des gardes royaux, Darhan s'engouffra à toute vitesse dans une des entrées du palais. Les gardes se jetèrent aussitôt par terre pour laisser passer les cavaliers qui poursuivaient l'intrus.

Gekko, pressé par Darhan, grimpa avec une agilité étonnante le grand escalier qui menait à l'étage supérieur. Les courtisans qui attendaient de faire leur entrée pour la grande fête annoncée s'écartèrent en hurlant. Le cheval pénétra dans l'enceinte du palais, trottant et s'ébrouant, la tête haute. Il alla ainsi jusque dans la grande salle, le bruit de ses sabots résonnant fortement sur le sol de pierre rose. Les haut gradés qui assistaient à la cérémonie encerclèrent aussitôt le cheval et menacèrent le cavalier de leurs épées.

– Kian'jan! hurla Darhan. Non!

Celui-ci, à genoux sur l'estrade, se retourna un bref instant pour voir son ami. Il extirpa du rouleau de bois le couteau maudit par Dötchi et l'enfonça froidement dans la poitrine de Shenzong. La lame, recouverte de sable et de sang de vipère, s'enfonça profondément, jusqu'à lui transpercer le cœur. Le roi demeura un moment immobile, les bras écartés. Puis, il s'effondra lourdement sur le sol, aux pieds du jeune messager, sous les cris horrifiés de la foule.

# Lexique

*Allahou ak-bar!*: Allah est grand!

**Asa-Gambu**: Général tangut, il convainquit à toute paix ou toute négociation avec les Mongols de Gengis Khān.

**Bagdad**: Signifie «Don de Dieu» en persan. Capitale de l'Irak moderne, elle est la deuxième plus grande ville du monde arabe après Le Caire. Plaque tournante du commerce et de la culture au Moyen-Orient depuis le VIII$^e$ siècle, elle amorça son déclin lorsqu'elle fut ravagée par les Mongols de Houlagou Khān en 1258.

**Baïkal** (lac): Grand lac de la Sibérie méridionale. Il couvre 31 500 km$^2$ et ses 1 620 m de profondeur en font le lac le plus profond du monde.

**Boukhara**: Ville d'Asie centrale qui égalait Samarkand en importance avant les invasions mongoles.

**Caspienne** (mer): Mer intérieure de l'Asie. Avec une superficie de 371 000 km$^2$, elle est la plus grand masse d'eau enclavée du monde.

**Chaman**: Prêtre et magicien des religions chamanistes pratiquées en Asie centrale et en Amérique du Nord. Il communique avec les esprits par l'extase et la transe.

**Dhole:** Mammifère de la famille des canidés au pelage brun-roux vivant en meute. Appelé «chien sauvage d'Asie», il s'apparente davantage au loup par son mode de vie organisé selon une hiérarchie sociale très stricte dominée par un couple.

**Eriqaya:** Moderne Yinchuan. Elle était la capitale du royaume tangut.

**Ganzhou:** Ville tangut. Elle résiste à plus de six attaques des généraux mongols avant d'être prise par Gengis Khān.

**Gobi** (désert): Grand désert du nord de la Chine et du sud de la Mongolie. Son nom signifie désert en langue mongole.

**Hallebarde:** Arme utilisée pour le combat rapproché dérivée de la hache. Elle comporte une ou plusieurs pointes. Son manche peut atteindre 2,5 mètres de longueur. C'est aujourd'hui l'arme d'apparât de la Garde suisse.

**Heisui:** Ville tangut. Elle fut prise par Gengis Khān en février 1226.

**Hérat:** Ville de l'ouest de l'Afghanistan. Elle est l'antique Alexandrie d'Arie fondée par Alexandre le Grand.

**Huang he:** Dit le fleuve Jaune. Deuxième plus long cours d'eau de Chine. Il fertilise toute la plaine nord de la Chine.

***Inch Allah!:*** À la grâce d'Allah!

**Indus:** Grand fleuve d'Asie qui prend sa source au Tibet, pour traverser le Cachemire et le Pakistan, et se jeter dans la mer d'Oman.

**Jin:** Dynastie Jin (1115-1234). Originaire de Mandchourie. Les Jin ont consolidé un puissant empire qui s'étendait de la Corée, au nord, jusqu'à l'empire Song, au sud. Ils firent de Pékin leur capitale. L'empire fut détruit par Ögödei Khān, troisième fils de Gengis Khān.

**Kachgar:** Ville de Chine, capitale du Xinjiang. Fut, de tout temps, un passage obligé sur la route de la soie. Sa position stratégique en a fait un enjeu capital dans les grandes guerres qui dévastèrent l'Asie centrale.

**Karakorum:** Capitale de l'ancien Empire mongol dont les ruines se situent au sud d'Oulan-Bator, capitale de la Mongolie moderne.

**Keshig:** Garde personnelle de Gengis Khān. De 150 hommes à l'origine, elle en comptera plus de 10 000 à sa mort.

**Khān:** Titre porté par les souverains mongols. Il signifie « empereur » en langue mongole.

**Khwarezm:** Empire perse oriental qui comprend l'Iran, la Transoxiane et l'Afghanistan.

**Kiev:** L'une des plus vieilles villes d'Europe de l'Est, elle fut fondée au $v^e$ siècle.

**Lapis-lazuli:** Pierre ornementale de couleur bleue. Son utilisation remonte à plus de 7 000 ans. Polie, elle est largement utilisée en joaillerie. Broyée, elle a servi de pigment bleu pour la peinture jusqu'au $xix^e$ siècle. Son usage a cessé avec l'apparition des pigments de synthèse.

**Li An-ch'uan:** Souverain tangut de 1206 à 1211. Il se soumit à Gengis Khān en 1207. Ayant installé un régime de corruption dans le royaume, il fut renversé par Shenzong.

**Marco Polo** (1254-1324): Marchand et explorateur vénitien. Il fut l'un des premiers Européens à se rendre en Extrême-Orient. Il demeura seize ans au service de Kubilaï Khān.

**Mohammed Shah:** Souverain du Khwarezm. Poursuivi par l'armée mongole, il se cacha vers 1220 sur une île de la mer Caspienne où il mourut.

**Naïman:** Tribu d'origine mongole.

**Nanjing:** Ville de Chine reconnue pour son industrie textile depuis le IXᵉ siècle, et consolidée par les Mongols au XIIIᵉ siècle. Elle fut la plus grande ville du monde de 1358 à 1425 avec une population de 487 000 âmes.

**Orkhon** (fleuve): Fleuve long de 1 121 km, traversant le nord de la Mongolie.

**Padouk:** Bois dur provenant de l'Inde orientale. Sa teinte varie du brun clair au rouge foncé.

**Pamir:** Montagnes immenses constituant un nœud géologique en Asie centrale, d'où émergent les grandes chaînes des monts Tian Shan, de l'Hindu Kush jusqu'à l'Himalaya.

**Pékin** (Beijing): Capitale de la Chine moderne. Elle fut celle de la dynastie Jin jusqu'à leur soumission aux envahisseurs mongols. Kubilaï Khān, petit-fils de Gengis Khān, en fera sa capitale lors son accession à la tête de l'Empire en 1259.

**Perse:** Peuple descendant des Achéménides (VIᵉ-IVᵉ siècle av. J.-C.) et des Sassanides (IIIᵉ-VIIᵉ siècle apr. J.-C.) qui imposa sa culture à l'ensemble de l'Iran contemporain.

**Qormusta:** Grand dieu des Mongols.

**Samarkand:** Ville d'Ouzbékistan au passé glorieux et légendaire. Fut louangée de tout temps par les poètes pour sa magnificence qui atteignit son apogée avec Tamerlan (1370-1405).

**Shah:** Mot persan signifiant: roi.

**Shenzong:** Souverain tangut qui règna de 1211 à 1223. Il tenta à de nombreuses reprises la conquête du royaume Jin, sans succès.

**Sichuan:** Province de la Chine moderne. Signifie «quatre rivières», c'est-à-dire: Mékong, Yangzi, Huang he et Salouen. La grande plaine du Sichuan, au nord, est réputée comme étant le «grenier à blé de la Chine».

**Song:** Dynastie Song (960-1279). Grande dynastie qui contrôla la Chine (960-1127) avec Kaifeng pour capitale, puis Hangzhou (1127-1279) à la suite de la prise de Kaifeng par les Jin. Fut annexé par la dynastie mongole Yuan en 1279.

**Taklamakan** (désert): Désert d'Asie centrale. Passage obligé de la route de la soie vers l'Extrême-Orient. Le nom signifie à peu près «l'endroit d'où on ne revient pas».

**Tangut:** Appelé Xi-Xia par les Chinois (982-1227). Royaume fondé en 982 par des tribus tibétaines dans les plaines du Sichuan. Détruit par les Mongols en 1227.

**Travois:** Mode de transport primitif consistant en deux longues perches de bois tirées par un cheval ou tout autre animal de trait. Les perches traînent sur le sol et sont reliées par une structure sur laquelle sont transportés les bagages.

**Xianzong:** Il régna sur le royaume tangut de 1223 à 1226. Il mourut au champs de bataille contre les armées mongoles.

**Yourte:** Tente ronde en feutre sur montants de bois utilisée par les nomades mongols et les autres populations d'Asie centrale.

# Celtina

## Les Fils de Milé – Tome 5

Corinne De Vailly

Celtina

Les Fils de Milé

LES INTOUCHABLES

## En librairie

# LEONIS

## L'ÎLE DES OUBLIÉS - TOME 10

En librairie le 17 octobre 2007

## Le crépuscule des dieux - Manga

En librairie le 24 octobre 2007

# Le soleil bleu - Tome 8

En librairie le 7 novembre 2007

# Celtina

## Le Chaudron de Dagda – Tome 6

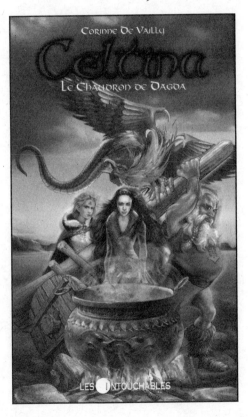

En librairie le 7 novembre 2007

## Le guide du porteur de masques

En librairie le 14 novembre 2007

La production du titre : *Darhan, L'esprit de Kökötchü* sur 9 650 lb de papier Regeneration 100 plutôt que sur du papier vierge aide l'environnement des façons suivantes :

Arbres sauvés : 82
Évite la production de déchets : 2 364 kg
Réduit la quantité d'eau : 223 648 L
Réduit les matières en suspension dans l'eau : 15 kg
Réduit les émissions atmosphériques : 5 192 kg
Réduit la consommation de gaz naturel : 338 m$^3$